君だけに僕は乱される

きたざわ尋子

幻冬舎ルチル文庫

CONTENTS ✦目次✦

君だけに僕は乱される

✦カバーデザイン＝久保宏夏（omochi design）
✦ブックデザイン＝まるか工房

イラスト・鈴倉 温✦

君だけに僕は乱される

千倉祥司《ちくらしょうじ》という人は、透明な貴石のようだった。

とてもきれいな石なのに、色のついた周囲の石にまぎれこむと、なぜか途端に目立たなくなってしまう。一つだけ取りだして見れば、傷もなく内包物もない、透明度の高い美しさがあるのに、なかなか人の目に留まらない。

そんなふうに千倉もその魅力に気づかれにくい。整った顔立ちをしているにもかかわらず、なぜか目立つことはなく、容姿に優れた人だと認識されることが少なかった。おそらく顔立ちそのものに個性が薄いせいもあったのだろうし、本人が望んで周囲に埋没するよう振る舞っているせいもあったのだろう。

会社の後輩として千倉に出会った真柴圭太《ましばけいた》は、運よく千倉の隠されていた魅力に気づくことができた。

隙《すき》がないように見えた彼の思いがけない弱点に触れ、そこから彼の人間的な部分を知って、どんどん惹《ひ》かれていった。おもしろみに欠ける優等生タイプの彼は、実はとても可愛《かわい》らしい人だった。

自覚したのも行動を起こしたのも早かった。真柴は告白し、口説いて誘って、アプローチをし続けて、やっと千倉の恋人の座を射止めた。

だがいま、真柴には気になることがあった。相思相愛になり、個人的な憂慮も千倉のおかげで取り払われつつあるというのに、その千倉が心配の種なのだ。

真柴は隣を走っている千倉をちらりと見やった。

ゆっくりとしたペースでジョギングを始め、そろそろ一時間だ。途中で二度ほど徒歩を入れているから、真柴はかなり余裕があるが、千倉はそうでもないらしい。

息は乱れているし、汗がこめかみから顎《あご》へと伝い下りていっている。汗は真柴も同様だが、息づかいはまったく違っていた。

紅潮した頬《ほお》と汗で濡《ぬ》れた前髪、乱れた息づかいが、たまらなく艶《なま》めかしい。健全にスポーツをしているはずなのに、いけない気分になってきてしまう。街灯に照らされてできる陰影のせいもあるのかもしれない。

思わずぼつりと呟《つぶや》いていた。

「なんか……千倉さんって、すげー色っぽくなりましたよね」

「はぁ？」

胡乱《うろん》な目を向け、千倉はさらにペースを落とした。これで三度目の徒歩だ。そろそろ限界だろうか。

「そのへんに草むらとかあったら、押し倒しちゃいそう」

「黙れ、万年発情期」

はぁはぁ言いながら罵倒《ばとう》されたところで、ダメージはほとんどない。あながち間違いでもないからなおさらだし、その乱れた息にいけない妄想が触発されて、余計にテンションが上がりそうだ。

「うん、まぁその通りなんですけどね。でも千倉さんにだけですよ？　千倉さんにだけ、なんかヤバいんです」

「その先は聞きたくない」

相変わらず冷たいことを言う唇さえも、愛《いと》おしくてどうしようもない。

自分のそれで塞《ふさ》ぎ、口のなかを無茶苦茶に舐《な》めて犯して、声も息も奪い尽くしてしまいたくなる。

身体《からだ》だって同じだ。感じやすい身体を責めて追いつめて、壊れるまで貪《むさぼ》ってしまいたいとさえ思う。

こんな暴力的なまでの欲望なんて、千倉を好きになるまで知らなかった。欲の深さに真柴自身が戸惑うほどだ。幸いにして、本能と同じくらいに千倉を大切にして慈しみたいという気持ちがあるから、なんとかセーブできているのだ。

「ぶっちゃけね、千倉さんのこと抱き壊しちゃいたい……みたいなとこが、俺んなかにあるわけですよ」

「だから聞きたくないって言ったんだ」

顔をしかめて下を向く千倉は、大きな息を吐きだした。

「でも俺の本音を知っといたほうがいいかなーと思って。大丈夫、ちゃんと理性あるから、とりあえず」

「なけなしのね」

「いやいや、わりと立派な理性ですって。そうでもなきゃ、俺のケダモノ化は抑えられないんで」

「……あれでケダモノじゃないのか」

過去に何度も泣かされている千倉は、そう呟いたきり黙りこんでしまった。あまりこの手の話を続けたくないという理由もあるのだろうし、真柴のなかに本気の気配を感じとり、わずかに怯《ひる》んだ部分もあるのだろう。

ほんの少し怯《おび》えを見せる千倉にそそられる。少し思考が危なくなってきた。

歩いているうちに千倉の息は整ったが、もう体力がもたないのか、一向に走りだす気配はない。

結局そのまま歩いて家まで戻った。帰るのは、当然のように千倉のマンションだ。

「ただいまー、ミルク」

ドアを開けると、一匹の真っ白い子猫が真柴たちを出迎えてくれた。

拾って――というよりも引き取って数ヵ月がたち、ミルクの身体も大きくなった。だがまだ生後一年に満たない子猫だ。甘えたがりで、こうして真柴たちが帰ってくると、音を聞きつけてやってきて、甘えた声で鳴きながら足にじゃれつく。それがたまらなく可愛いのだが、千倉は相変わらず少し頭を撫《な》でるだけですぐに奥へ行ってしまう。

けっして嫌っているわけではなく、ちゃんと愛情を抱《いだ》いているのだが、もともとが猫を怖がっていた人なので、いくら慣れたとはいってもまだ腰が引けている部分はあるようだ。最初は触《さわ》ることもできなかったのだから、躊躇《ちゅうちょ》せずに撫でられるようになっただけでも、かなりの進歩だといえた。もっとも触れるようになったのはミルクだけだ。ほかの猫には、いまだに近づくこともできないでいる。

ちなみに名前は真柴がつけたわけでも千倉がつけたわけでもない。最初にミルクを拾った子供たちの命名だ。

真柴の代わりに千倉がミルクを引き取ってくれて、早七ヵ月。真柴が千倉といる期間もほぼそれと同じくらいだ。恋人でいる期間はもっと短いことになる。

相思相愛になって日が浅いからか、真柴の気持ちは当然冷めるということを知らない。むしろ日を追うごとにふくれあがっているような気さえする。

「先にシャワー浴びていいよ」

バスタオルを差しだしてくる千倉を、真柴はそのままくるりとバスルームへと向きなおらせた。

「千倉さん、どーぞ。俺そんなに汗かいてないし」

「……ほんとに平気な顔してるし」

「まぁ、腐っても元サッカー選手なんで」

「人並みの体力まで落ちればいいのに」

ぼそりと呟き、千倉はバスルームへ行ってしまう。

どこか悔しそうな響きだったから、笑いをこらえるのに苦労した。もし千倉が振り返ったら、すねてしまうかもしれないからだ。

千倉は意外なことに、ちょくちょくすねる。いまのように、一見してすねているようには見えないのだが、確実にすねているのだ。誰に対してもというわけではなく、どうやら真柴に対してだけのようだ。

「かーわいー」

聞こえないように小声で呟き、ミルクを抱き上げる。もちろんミルクにも可愛いと声を掛けてやることも忘れない。

「おまえのご主人さまも可愛いよな」

みゃー、と返ってきた声は、まるで返事のようで顔が緩んだ。

しばらく膝《ひざ》の上でミルクを撫でたり転がしたりしていると、千倉が手早くシャワーを浴びて出てきた。

「お先に」

「じゃ、俺も入りますね」

ミルクを寝床に連れていき、湯気が籠《こ》もるバスルームに入った。お世辞にも広いとはいえないユニットバスのなかでシャワーを浴びながら、真柴は何度も思ってきたことをあらためて呟いた。

「やっぱ引っ越しするべきだよな」

千倉も真柴も、だ。二人でマンションを借りてシェアすれば、これまでと変わらない家賃でもっと広いところへ住めるはずだ。どうせ真柴はほとんど自宅に帰らなくなっているのだし、ここでずっと二人で暮らすのはやはり手狭《てぜま》だ。

Tシャツとハーフパンツを身に着けて出ていくと、千倉は猫用の寝床の前にしゃがみこんで、じっとミルクを見ていた。

「どうしたんですか?」

「箱座りのまま、突っ伏して寝てるんだけど……」

「ああ……よくやりますよね。苦しくないのかなって、いつも思うんだよなぁ」

冷蔵庫からミネラルウォーターを出して飲みつつ、ベッドに腰かける。すぐ目の前には千倉がいて、その視線の先には可愛いミルク——。

(やっぱこの手狭さも捨てがたい……)

うかつに広い部屋に引っ越してしまったら、この距離感がなくなってしまう。それはあまりにも惜しかった。思い描いていた2LDKではなく、2DKにしようか。あるいは寝室を分けないという選択肢もありだ。

（広い家はなしだな。ちょいデカめのワンルームとかでもいいよな）

大きく頷《うなず》き、真柴は口を開いた。

「千倉さん、ちょっと話があるんですけど」

脇に手を入れてひょいと隣に引きあげると、千倉はかなり不服そうな顔をした。さっきすねていたときと同じ顔だ。

「……腹立つ」

「えー？」

なにが、と言外に問いかけつつ、千倉の腰に両腕をまわした。肩に顎をのせると、小さな嘆息が聞こえてきた。

「なんだ、いまの。力とか身体の違いとか、見せつけてるのか？」

「いや……あれ？　抱きかかえるよりマシかなと思ったんですけど、いやでした？」

「ずれてるよな、真柴って」

「すみません……」

とりあえず素直に謝っておく。千倉のほうがよほど普通じゃない反応をするのだが、そこを突《つつ》く気はなかった。それが千倉らしさというものだし、真柴はそこが気に入っているのだから。

それにしても千倉は自分の体格だとか体力だとかにコンプレックスでもあるのか、やたらと真柴と比較してはすねている。可愛いなんて言おうものなら、呆《あき》れ顔で溜《た》め息《いき》をつくので、いちいち言わないようにしている真柴だった。

「で、話なんですけど。やっぱ引っ越して、一緒に暮らしたいんですけど」

「却下」

「えー」

「何度言われたってダメだ」

にべもなく断られるのも何度目だろうか。もう何ヵ月も前から持ちかけているのに、いつでも千倉の返事は同じだった。

理由はこうだ。真柴と千倉は同じ会社に勤めているわけだから、引っ越せば住所変更届を出さねばならず、そのときに同じ住所ではまずいだろう……というのだ。真柴としては別に問題ないと思っているが、千倉はそうじゃないらしい。

「誰かに聞かれたら、ルームシェアですって言えばいいことじゃないですか」

「僕と真柴じゃ不自然だろ」

「そうかなー。気があって、利害が一致したから……で充分だと思いますよ？　猫に釣られたって言ってもいいし」

「とにかく却下」

ぷいっ、と音がしそうなほどの勢いで横を向くものの、千倉は真柴の腕から抜けだそうとはしない。

自然と真柴の頬は緩んだ。

「ヤバイ、超したい」

「ちょっ……」

首に軽く嚙《か》みつくと、細い身体がびくっと震えた。もがくのを押さえつけ、Tシャツの上から身体をまさぐった。

「一週間ガマンしたんだから、ご褒美《ほうび》ちょーだい」

「ダメ、っていうか、無理。明日は真柴の買いものにつきあうんだし」

「それ、あさってにします。だから明日は一日寝ててもいいですよ」

「ばっ……」

耳に歯を立てて千倉の動きを制限してから、彼の弱いところを本格的に責めるつもりだった。なのに計ったように、真柴の携帯電話は高々と音を発した。

すかさず飛びついたのは千倉だった。とはいえ押さえこまれているから物理的には無理だったので、気持ちで電話にすがっていた。

「ほら、電話！」

「そんなにいやなんですか？」

「いやだなんて言ってない。いいから、早く。お兄さんだろ？」

「……メールですよ。そんなに俺とするのいやなの？」

「だからそんなこと言ってないって」

「じゃ、いいんですね。よかった、さすがにへこみそうでしたよ。メール見て返したら、続きしましょうね」

一方的に捲《まく》したて、真柴は携帯電話を手に取った。

千倉の気持ちは理解しているつもりだ。本人も言っていたように、いやというほど強い意識ではなく、なんとなく腰が引けてしまうのだろう。

抱かれることに対し、最初はかなり抵抗があったらしいし、いまでも気持ちの点で慣れきったわけではないようだから、それも仕方ないことだとは思っている。翌日に起きられなくなるほどの行為に、千倉は肉体的な意味だけでなく、精神的にも躊躇してしまうのだ。

わかっているが、あえて反論できないようにした。本気でいやがっているわけじゃないのを知っているからだ。

「んー、いつもの定期連絡ですね。用事はないみたいです」

実兄との関係は、良くも悪くもなっていない……といったところだ。数ヵ月前に会ったきり、顔はあわせていない。それでもこうして定期的に連絡を取りあっているだけでも、かなり関係は改善されたといえる。

わだかまりは薄れた。ただ会う必要も感じないし、電話をするほど話したいわけでもない、というだけだった。

簡単に近況報告をして、送信する。そのあいだも携帯電話を持っていないほうの手で、千倉の腰を抱くことは忘れなかった。

「よし、行った」

「相変わらず素っ気ないね」

「そんなもんでしょ。千倉さんだって、お兄さんとはそんなに連絡取りあったり、してないじゃないですか」

「それは、まぁ……」

千倉もまた、十一歳離れた兄とはときどきメールをするくらいの接触しかしていない。だが真柴と違って、関係がぎこちないせいではなかった。所帯持ちの三十代後半の兄と、二十六の弟として自然な距離感なのだ。むしろ兄は末っ子の千倉をかなり可愛がっているようだった。

そして八歳違いの姉は、メールに加えてときどき電話もしてくる。こちらも歳《とし》の離れた弟が可愛くて仕方ないようだ。実際にここまで来るわけではないので、千倉の家族は真柴が入りびたっていることは知らない。真柴のことは、会社の後輩という認識しかないはずだし、そもそも親しいとも思っていないだろう。

その点、真柴の兄は千倉との関係を知っている。手放しで賛成しているわけではないが、千倉の人となりを知っているから、干渉はしないと決めているようだ。真柴が教えたわけではなく知られてしまっただけなので、千倉の家族にカミングアウトを強要するつもりはなかった。

「ねぇ、俺マジですからね」

「なんの話？」

千倉の薄い肩をつかんで向きなおる。千倉は怪訝《けげん》そうな顔をしていて、真柴の唐突な言葉の意味がわからないようだった。

「いろいろです。千倉さんに対してもそうだし、同棲したいっていうのもそうだし」

「同棲はしない」

「うん、いまはそうなんだろうなって思いますよ。けど、俺諦《あきら》めないんで。だって千倉さん、俺とのことだって最初はないって言ってたし」

最初から真柴は千倉を抱きたいのだと宣言していたのだから、拒絶されるのは当然だった。粘ってそれを変えさせたのだ。同棲だって、そのうち考えを変えさせてみせるという意気込みと自信があった。

千倉は無言で聞いていた。彼のなかにも、薄々そういった予感めいたものがあるのかもしれない。

「いまは、とりあえず……」

「……とりあえず、なに？」

丁寧に、だが素早く千倉をベッドに押し倒す。驚愕《きょうがく》の表情が、みるみる焦《あせ》りのそれに変わった。

「さっきの続き」

にっこり笑って返事をし、それ以後は問いかけも抗議もさせなかった。

かなりすねた千倉を宥《なだ》めるのは、翌日の昼頃のことだった。


「モデル決まったって！」

同期の女性社員は、宣伝部から戻ってくるなり声を張った。

薄い反応を示したのは千倉のみで、ほかの社員たちは男女問わずに目を輝かせた。男性社員たちは女性モデルに、女性社員たちは男性モデルに興味津々《しんしん》なのだ。

ちなみに同じ部署である真柴は、いまは用事があって席を外していた。入社当初はなにをするにも千倉に同行していたものだが、さすがにいまは一人で動くことも多くなっている。

「誰っ？」

「アツキと山口奈里亜《やまぐちなりあ》」

「おお」

「あー」

喜んでいる声とがっかりした声が聞こえた。どうやら別のモデルがよかったという者もいるようだ。

春に立ち上がったデイリーアパレル課は、アシリスというスポーツ用品メーカーにとって初めての、デイリーウェアを扱う部署だ。スポーツシーンではなく、文字通り日常生活で着用するための服だった。すでにサンプルはできあがり、販売店やバイヤーやプレス向けのカタログも配布ずみだ。ちなみにこのカタログのモデルは真柴で、一部でかなり話題になったと聞いている。このまま正規モデルとして使うのもいいんじゃないかという声も上がったが、本人が固辞した。

企画の立ち上げからたったの半年で、商品を売り出すように言われているのだ。実家がファッション業界にどっぷりと浸かっている千倉にしてみれば、ありえないほど乱暴な話に思える。体制が整っている状態でも、一年前から準備するのが普通だというのに、なにもないところから半年というのは信じられなかった。いくら最近は準備期間を短くすることも珍しくないとはいえ、それらは一から始めるわけではない。

なんとかなったのには、千倉の実家の協力が大きかった。デザイナーを始め、いろいろと協力を仰いでここまでこぎつけた。そのあたりを見越し、上は千倉を春にいきなり異動させたのだ。

「千倉は興味ないのか？」

「個人的にはないですね。まぁどっちも第一候補ですし、いいんじゃないかな……とは思いますけど」

「相変わらずクールだよな」

「クールってわけじゃないですよ。モデルとか芸能人に興味ないだけなんです。父も姉も、以前はモデルでしたし」

「あー、そっか。そうだよね。慣れちゃってる感じか」

話しかけてきた社員だけでなく、いつの間にか聞き耳を立てていたほかの社員たちも、一様に納得していた。

千倉の祖母は花邑千英《はなむらちえ》という日本を代表するデザイナーで、現在では自ら立ち上げた〈ハナムラ〉の会長となっている。現社長は千倉の母親であり、兄はカジュアルブランドを展開させている子会社〈CHアルファ〉の専務だ。昔はモデルだった父親と姉は、それぞれメイクアップアーティストとデザイナーになっていた。

昔から華やかな一家だった。肉親である千倉ですらそう思う。派手なのは経歴だけでなく、本人たちもだった。キラキラとした粒子でもまき散らしているんじゃないかと思うほどに派手なのだ。そんななか、昔から千倉だけが目立つことなくやってきた。性格的なことはどうしようもない。

「それより撮影っていつなのかな」

「全員で立ちあうのは無理だよね？」

「せいぜい二、三人じゃねーの？」

「その前に採寸とか衣装合わせするんだよね？　それも選抜？」

「そうでしょう」

なにやら数人で真剣に話しあっているが、ようするに誰がモデルに会えるか、というのが問題らしい。とりあえず誰が行ってもそう変わらないはずなので、千倉と真柴が辞退することで倍率は上がるだろう。

「あ、こっちも決まったみたい」

メールの着信に気づいてパソコンに向かっていた女性社員が、心なしか声を弾ませて言った。さっきまでも結構なテンションだったが、拍車がかかっていた。

「なに、なに？」

「例のイケメン博士の来日」

「ああ！」

ぱあっと音がしそうなくらい、女性社員たちのテンションは上がった。男性陣はほとんど無関心だ。

「いついつ？」

「今月末みたいよ」

おそらく担当部署にいる、あるいは情報が手に入る位置にいる知りあいから報告があったのだろう。この話自体は社員ならば誰でも知っていることなので、特に問題はない。どうせそのうち日付も知れ渡るだろう。

「廊下でばったり会うとか、ありかなぁ」

「でも英語無理」

「普通に日本語しゃべれるみたいよ」

盛り上がる女性陣を横目に見ながら、男性陣は仕事に戻った。

「うちには関係ねぇもんなー。どうせ社運とか、かかってないし」

「社運っていうほどでもないと思うけど……」

苦笑しながらも、とりあえず上の意気込みがかなりのものだということは千倉も承知していた。

アシリスは国内外を問わず、さまざまなジャンルのプロスポーツ選手と契約を結んでいるが、その数はほかのメーカーに圧倒されているのが現実だ。知名度とシェアを上げるために、起爆剤となる商品や素材の開発をしたいらしい。まずは陸上短距離用のシューズをと考えているようだ。

そのために今回、アメリカから科学者を招聘《しょうへい》する。日本人の母親とスウェーデン人の父親を持つハーフで、物質科学で博士号を取得しているほか、医師免許もあるという。まだ三十七歳という若さでありながら、複数の企業・団体から誘われている人物だという。

（よほど金を積んだんだろうな……）

アシリスの理念だとか担当者の情熱だとかに動かされたというよりは、よほど現実的な考えだろう。

もっとも千倉には直接関係のない話だ。画期的な素材なり商品が生まれ、それによって会社の業績が右肩上がりにでもなれば間接的に影響は出るだろうが、いまのところは他人《ひと》ごとに近い。

いまはそれどころではないのだ。デイリーアパレル事業はまだ商品を売り出してこそいないが、前評判はよく注目度も高く、会社からも期待されている。たとえその理由がスポーツ用品メーカーとしての理念やステイタスとは無縁の、収益だけを目的としたものであったとしても、千倉は一向にかまわなかった。

まだ盛り上がっている彼女たちを見て、千倉は内心溜め息をついた。

（真柴のことは、もういいのか……？）

少し前まで真柴を見て色めき立っていたはずなのに、もう新しく来る科学者や決定したモデルに夢中になっている。

ずいぶんと気が多いものだ。本気で好きなわけではなく、芸能人に対する気持ちに近いのだろうか。

(まぁ、どっちでもいいか。真柴よりあっちがいいっていうなら、願ったりだし)

恋人としてそんなふうに考えていると、まるでタイミングを計ったように真柴が戻ってきた。心なしかげんなりとした顔をしていた。

「どうした?」

「あ……いえ、大したことじゃないです。あの……あとで」

最後は小声で告げられ、千倉は小さく頷いた。とりあえずこの場で話したくはないということだ。

「おかえりー、真柴くん」

「あ、はい。どうも」

真柴の向かいの女性社員が戻ってきて、にこにこしながら座った。

現金なものだと思うが、目の前にこの男がいたら当然だろうとも思う。半年ほど一緒に仕事をしていれば、最初の頃よりはテンションも落ち着くようだが、まだ真柴を見る目には熱っぽいものがあった。

真柴はそういった視線や気がありそうな言葉に、気づかないふりをしている。はっきり誘われたり告白されたりすれば断るが、曖昧《あいまい》だったり遠まわしだったりするものは笑顔で流してしまうのだ。そのせいで真柴は鈍い男だと認識されている。見た目の派手さに反して、実はサッカー漬けで遊び慣れていなかったせいだ、などという好意的な解釈もなされているらしい。

真柴はいつも通りに仕事をしていたし、千倉から見ても憂いを抱えているようには見えなかった。

呼びだされた理由を聞かされたのは、帰り道のことだった。

一緒に会社を出て、当たり前のように千倉の家へと帰る、駅からの道すがらだった。

「小学生対象の、サッカー教室のコーチしてくれないかって」

「受けるのか？」

「まさか。俺、人に教えるの苦手だし。もしやったとしても、ありきたりのことしか言えないコーチになるだけですよ。なんていうか……感覚的に理解してることを、うまく他人に伝えられないんですよね」

「ああ……」

なんとなく理解できて、千倉は頷いた。サッカー選手としての真柴のことは、正直ほとんど知らない。興味がなかったからだ。知っているのは客観的な経歴と、何人かが口にした評価のみだった。

それらによると、真柴はどうやら天才型だったらしい。もちろん努力もしていたが、勘がよく呑《の》みこみも早く、最初からある程度できてしまうというタイプだったようだ。

「それに、いろいろと問題ありそうでしょ。俺みたいな評判悪いやつに、子供預けたくないって親だっているだろうし」

「そんなのは一部だろ」

千倉は眉をひそめた。真柴がむやみに自虐的になっているわけではなく、一部にそういった印象を抱いている者がいるのは確かだった。

真柴は期待をされながら、ケガで結果を残せなかった。しかもそのケガは、当時未成年にもかかわらず飲酒して通りすがりの相手とケンカをした末のものとされているから、真柴への風当たりはきついのだ。

だが真実ではない。表に出したくなかった理由があるだけだ。ケガには実の兄が関わっているから、真柴は一人で泥をかぶり、いまでも不名誉なレッテルを貼られ続けている。サッカー選手としての名誉を挽回《ばんかい》する機会はもうないだろう。あとは人の記憶が薄れていくのを待つしかない。

「一部だけど、悪い噂って一度出るとなかなか消えないでしょ。どっちみち、俺はもうサッカーに関わる気ないですから。言っといたはずなんですけどね」

真柴は苦笑した。入社のときに、そのあたりは宣言してあったようだが、上層部は聞かなかったことにしたのだろうか。あるいはごり押しすればなんとかなるとでも思ったのかもしれない。

「断っちゃって大丈夫なのか？」

「気にするなって言ってくれましたよ。内部から出た話っていうよりは、カタログで俺のこと知った外部からの話みたいで」

「ああ……」

この手の話はこれからも出るかもしれない。

安易にモデルをやらせてしまったことを悔やみつつも、千倉は黙って歩き続けた。

アシリスが手がけるデイリーウェアのブランド、〈D・アシリス〉の発売イベントは、秋めいてきた十月の中旬に行われた。同時に商品も売り出されることになっている。

時期がどうにも中途半端に思えるのだが、とにかく最速で……と指示があったのだから仕方ない。本当になにもかもがタイトなスケジュールだった。ここまでこぎ着けたのが奇跡のように思えた。

幸いだったのは、今年は夏が長くていつまでも暑かったことだ。十月に入ってようやく涼しくなってきたので、秋冬ものの販売にも少しの出遅れですんだ。

ステージではメインモデルを中心に、十人ほどのモデルが次々と服を披露し、司会者が滞《とどこお》りなくイベントを進めている。借りたホテルのホールは、招待客や取材陣でかなりごった返していた。基本的に招待客はステージを向く形で着席しているのだが、座りきれずに立っている者も多数いる。

雑誌はもとより、テレビ局の取材もかなりの数だ。スポーツ選手や芸能人が招かれていることからも、会社が気合を入れていることは間違いない。

千倉はほかの社員たちとフロアにいて、招待客の案内や応対に追われているが、真柴は裏方として、ホールに近い控え室で雑用係に徹しているはずだ。彼が出ると、そこに注目が集まってしまいかねないと、上が配慮したからだった。

（真柴は隠して正解だな）

さっきから何度か真柴の名前を耳にしているし、きょろきょろと探している者もいるようだ。なかには真柴が正規のモデルだと思っていた者もいたらしい。

やれやれと思いながらも表に出すことはしない。遅れてきた芸能関係者に入り口で丁寧に対応し、なかへと送りだす。すでに帰ろうとしている者にも挨拶は怠《おこた》らなかった。人生でこんなに愛想笑いをしたことはないというほど、千倉は笑顔を張りつかせていた。

デザインを担当した千倉の姉は、ステージ脇にいる。すでに紹介されたが、またあとで出番があるのだ。

千倉の祖母と兄も来ることになっているが、到着は遅くなると聞いている。彼らが来たあとは、付きっきりでいいとも言われていた。

「あの……ちょっといいですか?」

「はい」

おずおずと話しかけてきたのは、大学生くらいの年齢に見える女性の二人連れだった。ここにいる以上は、なにかしらの関係者だろうが、タレントという感じではなかった。招待客の誰かが連れてきたのだろう。

「アシリスの社員の方ですよね?」

「そうです」

一目でそれとわかるスタッフ証を下げているので、あえて確認することでもないはずだが、そこは話しかけるための無難な問いかけというやつだろう。千倉は失礼にならないよう、にこやかに返した。スタッフ証にはフルネームが入っているから、問題があれば名指しで非難されかねない。

「真柴圭太さんって、今日は来てないんですか？」

予想できていたことだから、真柴の名が出たことに驚きはなかった。真柴について問われた場合、あらかじめどう対応するかも社内で決めてある。

だからといって、思うところがないかというとそれは違った。

はっきり言って気分はよくない。理屈ではなく、感覚の問題だ。特に恋人としての部分が不快感を示していた。

だがそれを態度に出すわけにはいかないのだ。千倉はやや硬い表情ながらもわずかに笑みを見せた。

「申しわけありません。会場には来ていないんです。別の仕事がありまして」

嘘ではなかった。ホテルには来ているが、会場であるホールにはいないのだし、お偉方の世話という仕事があるのだから。

千倉の答えに、彼女たちはあからさまに落胆した。

「会えると思ったのに」

「いまアシリスで働いてるんでしょ？」

「ええ」

「毎日？　普通にサラリーマンやってるの？」

「そうですよ。真面目《まじめ》で優秀な社員です」

余計なことを言っている自覚はあるが、どうしてもそこは押しておきたかった。彼女たちが納得するかどうかは関係ない。情報として与えるだけでよかった。

「なんか想像できなーい」

「まだサッカーってやってるんですか？」

「いえ、まったくしていないそうです」

「ええー、なんでー？」

「さぁ」

片方の女性はだんだんと言葉遣いが崩れてきているが、本人は気づいていないようだ。あるいは気にしていないだけかもしれない。

相手が年下だろうと馴《な》れ馴《な》れしかろうと、千倉のスタンスは変わらない。誰の関係者かからない以上は、丁重に扱わねばならないのだ。

「モデルってもうやらないの？」

「絶対にないとは言えませんが、いまのところ予定はありません」

「えー、がっかり」

溜め息をつく女性の隣で、もう一人はじっと千倉を見つめている。なにを考えているのかは不明だが、なんとなくいやな予感がした。

「あの……千倉さん？」

「はい」

「これ終わったら、外でちょっと会えません？」

面倒なことになったというのが正直な気持ちだ。溜め息をつきたいのをこらえながら、千倉はいかにもすまなそうな顔をして見せた。

「申しわけありませんが、実はこのあと、まだ仕事があるんです。〈D・アシリス〉の発売でしばらく落ち着きそうもないんですよ」

これもまた方便ではなかった。イベント後は打ち上げがあり、千倉たち社員も参加するように言われている。強制ではないので、用事がある者や仕事が押している者は出ないが、千倉は上司から直接頼まれていることもあって参加が決まっていた。すでに春物の製作も始まっているのも事実だし、発売後はトラブルや問い合わせなども含めて忙しくなるのが目に見えていた。

粘る彼女たちからなんとか逃げだしたのは、それから五分ほどあとのことだった。解放される代わりに千倉は名刺を渡すはめになり、さらに彼女たちの携帯電話番号とアドレスを押しつけられた。

まさか溜め息をつくわけにもいかず、会場の片隅でひそかに途方に暮れた。

（疲れた……）

とんでもないパワーに押され、なすすべもなかったというのが本当のところだ。もともとゲイではない千倉だが、あの手の女性は昔から苦手だった。だから過去につきあったことがあるのは、もの静かなタイプばかりだ。

ぐいぐいと押してくるのは真柴も同様だったが、その押し方が違うのだ。真柴の場合は千倉の反応を見ることとも、気持ちを測ることともできて、かつ自らの感情だけを押しつけてくることはない。ひたすら甘えてくるかと思えば、千倉よりもはるかにしっかりと立ち、手を引いて前を歩いたりもしてくれる。

だから受けいれた。男の身で、なにもかもを真柴にさらす気になれたのだ。

自然と意識は控え室のほうへと向かってしまう。見えるはずもないが、真柴がどうしているのかが気になった。

そんな千倉の視界に、見知った姿が入ってきた。

「ナンパされてたろ」

ニヤニヤと笑う先輩社員は、千倉のポケットのあたりを見ている。押しつけられたメモが入っているからだ。どうやら見ていたらしい。

「違いますよ。真柴のファンに、いろいろ聞かれてただけです。僕を使って、あわよくば真柴に……ってことですよ」

「そうかなぁ……。いや、そうかもしれないけど、それだけじゃなかったような気がするんだけどな」

「気のせいです」

「あの子たち、カメラマンの親戚みたいだから、そんなに気使わなくても大丈夫だよ」

「ああ……そうなんですか」

もとより個人的な関わりを持つつもりはなかったが、どこかの得意先のご令嬢よりは背景を気にしなくてもいい。これはありがたい情報だ。

「お、千倉。出番だぞ」

ぽんと軽く背中を押されて、千倉は兄と祖母の登場を知った。

ゆっくりと近づいていきながら、少し緊張している自分に気づいた。

公の場で、祖母たちと並び立つのは十数年ぶりだ。千倉が肉親だと気づく人はほとんどいないだろうが、華やかな人たちのなかに入っていくのは少しばかり気が重い。

「お持ちしておりました。お席にご案内いたします」

「堅苦しいな」

くすりと兄が笑うのを、祖母が視線で窘《たしな》める。祖母もこの場は協力企業の会長として振る舞うつもりのようだ。

「どうぞ、こちらへ」

前方の席に二人を案内し、千倉はその脇に立つ。遅れてくることを考慮して、席は端を用意していたのだ。幸い客席の脇のほうは薄暗くなっているし、アシリスの社員たちが何人もいるから、千倉が目立つこともない。

だから少しばかり周囲の目に対して油断していたのは確かだった。


無事にイベントは終了し、〈D・アシリス〉に関わった者たちを中心とした打ち上げがホテルの最上階ラウンジを借り切って行われた。メディア関係はシャットアウトで、先ほど千倉に話しかけてきた、関係者に同行した者もいまはいない。それでも店には百人近くおり、そのうちアシリスの社員は十五人ほどだ。デイリーアパレル課と宣伝部、営業部が主なところだった。

「祥ちゃん、わたしそろそろ帰るわ」

打ち上げが始まって一時間ほどたった頃、姉の英香《えいか》が席を立った。千倉はずっと姉の横で相手をしていたが、アシリス社員とデザイナーという立場はとっくに崩れていた。祖母と兄はイベント終了後にすぐ帰っていったが、一緒にいるところを見られていたせいか、この打ち上げで、千倉はやたらと声をかけられてしまった。もちろん姉のせいでもあった。

「じゃ、送ります」

「最後まで堅苦しいんだからぁ。もうお姉ちゃん泣いちゃうー」

軽く睨《にら》む真似をするのは酔っているせいもあるのだろう。彼女は姉弟であることをいっさい隠そうとしなかったから、一気に千倉の身許は知れ渡ることになってしまった。といっても、この席の周囲のみだが。

長身の英香が高めのヒールを履くと、千倉よりも背が高くなってしまう。姉よりも目線が低いというのは情けない話だが、いまさら気にしても仕方ない。千倉は平均であり、英香が女性としては高いだけなのだ。

千倉は英香を伴ってラウンジから出て、タクシー乗り場へと向かった。隣を歩く英香は上機嫌で、いまにも鼻歌でも出てきそうだった。

エレベーターで下まで降りたとき、とうとう英香が表情を崩した。

「ふふっ」

「……なに?」

「嬉《うれ》しいなぁと思って。祥ちゃんとお仕事できるなんて思ってなかったから」

千倉は高校生の時点で、〈ハナムラ〉ともアパレル業界とも関係ない仕事に就くことを宣言していたのだ。まさかこんなことになるとは、当時誰も思っていなかっただろう。

「アシリスがいやになったら、いつでも来ていいのよ。お姉ちゃんの秘書にしてあげる」

「いや……まぁ、ないと思うけど」

なにもアシリスに骨を埋めようというわけではないが、退職しても肉親の元で働くことはないだろうと思う。

「えー、ちょっとくらい考える余地残しときなさいよ。なんだったら、真柴くんとセットでもいいのよ？」

「え……」

いきなり出された真柴の名に、千倉はらしくもなく固まってしまった。足が止まらなかっただけでも御《おん》の字だ。

英香はますます笑みを深くする。

「お姉ちゃんは、なにがどうなっても祥ちゃんの味方だからね。っていうか、たぶんうちの家族は問題ないと思うけど」

「……なに、が……」

強《こわ》ばった顔のまま問うが、英香から明確な答えはなかった。ただ意味ありげに目を細めて笑うだけだった。

結局、英香はなにも言わず、「またね」と「真柴くんによろしく」という言葉だけ残して去っていった。

タクシーが見えなくなると、千倉は嘆息して店に戻った。

（気づいた……のか？）

一体いつどこで、と考えてしまう。仕事中は何度か真柴と一緒にいるところを見せたが、プライベートでは一度もないはずだ。

仕事中にボロを出したつもりはない。千倉もだが、真柴だって後輩の新入社員として不自然な態度ではなかったはずだ。

（当てずっぽう……？　それとも視線とか、ちょっとしたことでわかるものなのか……？）

考えたところで答えなど出るはずもなく、千倉はすぐに意識を切りかえた。どうしても気になるならば、あとで姉に電話でもすればいい。あるいは姉はそれを期待して、あえてあんな態度だったのかもしれない。

いずれにしても、悪いことではないだろう。肉親が理解してくれるというならば、喜ぶべきなのだ。

だがラウンジに戻った途端に、千倉の気分は降下した。

最初に目に飛びこんできたのは、窓辺のソファ席にいる真柴が、〈D・アシリス〉のイメージモデルとなった山口奈里亜にべったりとくっつかれている姿だったからだ。

酔った奈里亜が真柴の腕に自らのそれを絡《から》めており、真柴だけでなく周囲も困惑してなんとか引き離そうとしている。事務所サイドとしても、こういう場で醜態《しゅうたい》をさらしたくないという思いがあるのだろう。

奈里亜はイベントの前から、なにかと真柴に近づこうとしていた。撮影のときに真柴がいることを期待したらしく、いないと知って少し不機嫌になったとも、出向いた社員がなぜかと尋ねられたとも聞いている。

(まぁ……無理もないか)

真柴はモデルも顔負けの容姿をしているし、U-19とはいえ日本代表にもなった選手だった。ファンだったという可能性もゼロではないし、たとえサッカーに興味がなかったとしても、そのあたりは充分にステイタスとなりえそうだ。

立場上、真柴は愛想よくしているようだ。さきほどから何度か視界に入ってきていたが、いつ見ても困ったような笑顔を浮かべていて、相手の話に耳を傾けている。

千倉は視線を逸《そ》らし、店の奥へと向かう。とりあえず先ほどまで英香といた席に戻ろうと思っていた。

スタートしたときよりも客は減っているようだ。英香のように帰る者がいるからだ。

「千倉さん」

真柴の声がして、千倉は戸惑いつつも振り返った。奈里亜はいいのかと思ったが、まさか視線を向けるわけにもいかない。なに食わぬ顔で次の言葉を待った。

手にスマートフォンを持っている真柴は、その画面を千倉に見せた。

「……なに？」

画面には春物のデザイン画が映しだされていた。すでに手直しが加えられている商品の、初期デザインだ。

意味がわからなかった。

「なんとなく、緊急の確認っぽく見えるかなと思って」

「会社の人には通用しないだろ。あとで訊《き》かれたらどうするつもりだ」

「そっちはいいんですよ。彼女から逃げたかった……って言えば、きっと同情してくれますって」

どうやら奈里亜本人と、彼女の関係者をごまかせればいいらしい。なるほどと納得し、千倉は画面に目を落とした。安い芝居につきあうためだ。

「で？」

「言っとかなきゃと思って。俺、くっつかれて喜んでるわけじゃないですからね」

「うん」

「あ……あれ……？　それだけ？」

思わずといったように顔を上げた真柴は、まじまじと千倉を見つめる。

「素に戻るな。仕事してる顔じゃないぞ」

「あ、はい」

真柴が画面を見るのを待って、千倉は意味もなく指先を画面に向けた。どこからか視線は感じるが、いまのところ近づいてくる者はいないようだ。

「アシリスの社員として当然だろ？」

労《ねぎら》うつもりで言ったら、予想に反して真柴は不満そうな顔をした。褒められた、と喜ぶのかと思ったらそうじゃなかった。

「……妬《や》いてくんないんだ……」

「どこに妬く必要があるんだ？　真柴がデレデレしてたっていうならともかく、あきらかに営業スマイルだったろ？　っていうか、どう見ても困ってた」

「それはそうだけど……」

「あの状況で素っ気なくするほうが、社会人としてありえない」

「千倉さんって、ほんとに冷静だよなぁ」

はぁ、と大げさなくらいの溜め息が聞こえた。これが二人だけの場所ならば盛大にすねただろうが、いまは人目がある。真柴の表情自体はさほど変わっていなかった。

なにをもって冷静というのか、千倉にはよくわからない。

女が恋人にくっついているのを見れば、当然おもしろくはない。だが仕事だからと恋人がガマンしているのだから、嫉妬する必要を感じないだけだ。

ようは真柴の態度一つなのだ。

それを告げようとしたら、真柴の視線がふいに千倉の背後へと流れた。

「ちょっといい？」

振り返ると、男性モデルのアツキが立っていた。挨拶はイベント前の打ち合わせで交わしたが、それきりだったのだ。

彼の事務所の社長とは、英香の隣に座っていたときに少しだけ話した。モデル事務所としては中堅どころで、所属モデルは女性のほうが多いらしく、ファッション誌の専属も数多く抱えているという。かつて所属していたモデルのなかには、いまや俳優として人気を博している者もいるようだ。

アツキは社長と同席するわけでもなく、確かさっきまではショーに出たほかのモデルたちといたはずだった。

「どうも。アツキです、よろしく」

「あ……こちらこそ、ありがとうございました」

「本名は柿沢敦樹《かきざわあつき》ね。歳……は知ってるか。そっちは何歳？」

にこにこ笑いながら、アツキはまっすぐに千倉を見ている。すぐ横にいる真柴には、ちらりと目をやっただけだった。

確かアツキは二十七歳のはずだが、もっと若い――大学生くらいの青年と話している気分だ。真柴のほうがよほど落ち着いてはいないだろうか。

「二十六、です」

「へぇ、やっぱ同じくらいか。名刺もらっていい？」

「あぁ……すみません、気づかなくて」

千倉はスーツのポケットから名刺入れを取りだし、残り少なくなっていた名刺を渡した。今日だけでずいぶんと名刺は減った。念のためにかなり準備しておいたのだが、予想以上に渡す機会があったためだ。

「へぇ、だから祥ちゃんか。あんまり英香さんとは似てねぇのな。あんたも結構きれいな顔してるけど」

「姉は、父に似ているので」

三人の兄弟のうち、千倉だけが母親に似た。モデルだった父親の派手な外見と長身は、兄と姉に受け継がれたのだ。

「ほんとはさ、英香さんが帰る前に紹介してもらおうと思ってたんだよ。あんなに早く帰るなんて思わなかった」

「姉に、なにか？」

「なにか、っていうか……まぁ顔を売っておきたい？」

「……なるほど」

思惑を隠すつもりはないようだ。あるいは隠したところで気づかれるだろうと開き直ってのことかもしれない。

ここまでストレートだと、気づかない振りもできなかった。

「伝えておきます。あとは姉次第ですね」

「だよな。たぶん、俺ってあんまり英香さん好みじゃねぇと思うけどさ。花邑千英……センセーのラインはもっとないな。そもそも俺、ステージモデルは無理だし」

「確かに祖母は……そうですね」

英香の好みはよく知らないが、祖母の千英はノーブルな雰囲気を持つモデルを好む。昔からそうで、かつては千倉の父親を好んで起用していたらしい。

「あんたはずっとアシリスなのか？　将来的に、アパレルに行ったりしねぇの？」

「そのつもりはないですね。家族以外に、アパレル業界の知人もいませんし。ですから、アツキさんのお役には立てないと思いますよ」

にっこりと笑って宣言すると、アツキは一瞬だけ虚をつかれたような顔をし、それから目を輝かせて笑った。

「いいね」

「は？」

「うん、なんかいい」

やけに満足そうな態度なのが、よくわからない。アツキの腹づもりを笑顔で否定したというのに、楽しそうにされる意味はなんだろうか。

小さく真柴の舌打ちが聞こえた。あまりにも小さいから、アツキには聞こえなかったはずだが、表情が取り繕えているかどうかは見えないから不明だ。

そろそろ周囲の目も気になってきた。

「アツキさん。席までご案内しましょうか？」

とりあえず先ほどまで千倉たちがいた席でいいだろう。アツキのところの社長もいることだし、そこでうまくアツキを置いてきてしまおうと思った。

だがアツキは軽く手を振った。

「いや、俺もう帰るから」

「ああ……そうでしたか」

「送ってくれる？　さっきの、お姉さまみたいにさ」

「わかりました」

溜め息が出そうになるのをこらえ、千倉は真柴を見あげて目で合図した。真柴の雰囲気は穏やかとは言いがたいものだったが、思っていたよりは感情を隠せているようだ。

アツキはチラリと真柴を見て笑うと、そのまま店を出ていった。

「あいつって、ちゃんと働いてんの？」

「……真柴のことですか？」

エレベーターを待つあいだに問われたことに、千倉は眉根を寄せた。こんなことを尋ねられるくらいだから、やはり真柴のイメージはいまでもよくはないのだろう。承知していても、こうして突きつけられると気分はよくなかった。

「なんか、サラリーマンとか似合わねぇじゃん、あいつ」

「似合う似合わないは個人の感想ですから、どうでもいいですけど、真柴は優秀な社員ですよ。浮《うわ》ついたところもありません。実年齢よりもしっかりしてますしね」

「へぇ」

目の前で感心して見せるアツキより、よほど真柴のほうが大人だ。

そういう気持ちを込めて返し、なに食わぬ顔でエレベーターに乗った。ほかにも帰る客が三人ほどいたので、箱のなかでは言葉は交わさなかった。

降りてからタクシー乗り場へは、足早に進んだ。

「なんか、早く俺を帰しちまおうって感じがすごいんだけど」

「気のせいですよ」

笑顔を向けてから、ドアマンに合図して乗る意思を示す。タクシーのドアが開くと、アツキは観念して帰る気になったようだ。

「またね」

ひらひらと手を振り、アツキはタクシーに乗りこんだ。

「お気をつけて」

頭を下げて見送って、タクシーが見えなくなったところで踵《きびす》を返した。最後の言葉が気になったが、さっさと忘れることにした。

エレベーターホールまで戻ったとき、千倉はわずかに目を瞠《みは》った。

「真柴……」

露骨に不機嫌そうな顔をして、真柴が壁にもたれていた。ただそれだけでも、やたらと絵になる男だと思う。

どうしてここにいるかなんて尋ねるまでもない。千倉が心配で来てしまったのだろう。

「出てきたらだめだろ」

「上はもう好き勝手やってますよ」

「山口さんは？」

「酔っぱらって、事務所の人に連れだされました」

「そうか」

ならば急いで戻る必要はないだろう。真柴のことだから、不自然にならないように出てきたのだろうし、社員が一人や二人抜けたところで、短時間ならば支障はないはずだ。

店には入らずフロアの隅に身を寄せて、今日初めてゆっくりと真柴と対峙《たいじ》する。

エレベーターや店を出入りする人からは見える位置だが、よほど声を張らない限り会話は聞こえないだろう。

「なにもされませんでした？」

「されるわけないだろ」

「だってあいつ、絶対下心ありですよ」

不快感と嫌悪感を隠そうともしていなかった。店のほうへ背を向けていて、顔が千倉にしか見えないのは幸いだった。いくら会話が聞こえていなくても、この表情を見られたらなにごとかと思われてしまう。

千倉は小さく嘆息した。

「確かに下心はあるだろうけど、あれはモデルとしての下心だよ。僕が〈ハナムラ〉の関係者だって知って、接触してきてるだけだ」

「それもあるかもしれないけど……でも、たぶん、それだけじゃないです」

実際どうかはこの際問題じゃなかった。真柴のなかで、揺るぎない確信になっていることが重要だ。

あからさまな嫉妬に、千倉は苦笑するしかない。嬉しいと思う気持ちもあるが、それよりも真柴を案じる気持ちのほうが強かった。

「僕たちが直接彼に関わることは、ほとんどないと思うよ」

「仕事は、でしょ？」

「プライベートなんか、もっとないよ」

「向こう次第です」

どうやらいくら話しても平行線のようだ。

千倉にしてみれば、仕事での関わりのほうがよほど面倒に思える。プライベートなら拒否すればすむからだ。

目の前で真柴は重い溜め息をついた。

「千倉さんには、わかんないですよね……」

諦めたようなその言葉に、千倉はなにも返してやれなかった。

いきなりの呼びだしに千倉は戸惑っていた。

予定もなかったし、いわゆる前振りのようなものもなかったというのに、なぜか社長直々《じきじき》に呼びだされてしまった。

こんなことは初めてだ。〈ハナムラ〉の協力体制を得たときでも、直接声をかけてきたのは専務だった。社長とはまだ一度も言葉を交わしたことなどないのに、急に社長室続きの応接室に来いとはどういうことなのか。

上司に連れられて応接室まで来て、ドアの前で立ち止まる。事情がわからないのは上司も同じらしく、ある意味では千倉よりも緊張しているようだ。ここに来るまでにも、何度か心当たりがないか問われた。

だが、ないのだ。本当にわけがわからなかった。

上司がノックをし、返事を待ってから慎重にドアを開けた。

なかにいた三人が、揃《そろ》ってこちらを見ていた。向かって左側にいるのが社長と専務、右側には見知らぬ美丈夫《びじょうふ》が座っている。

まったく知らない顔だが、誰かはわかった。

明らかに日本人ではない容姿。金色に近い明るい茶色の髪に、少しくすんだブルーの瞳。彫りの深い甘さを含んだ顔立ちは、研究室よりもスクリーンのなかにいるほうが相応《ふさわ》しそうで、華やかだった。顔だけではなく、身長も高くて体格もしっかりとしていて、まるでスポーツ選手のようにも思えた。

「あの、千倉がなにか……？」

「ああ、いや。そういうわけじゃないんだ。ただこちらのカールソン氏が、千倉くんに会ってみたいというものだからね」

「は……？」

「彼が、千倉祥司です。千倉くん、こちらは……」

「諒《りょう》・バート・カールソンです」

そう名乗った美丈夫は、立ちあがって千倉に向かい手を差しだしてきた。

反射的に手を出すと痛くない程度に強く握られ、よくわからないうちに握手を交わしたことになった。

ますますわけがわからなくなった。どうして会ったこともないカールソンが、千倉に会いたがるというのか。そもそもなぜ千倉のことを知っていたのだろうか。

それにしても、やはり思った通り背が高い。真柴よりも高いようだ。それに声も顔立ちと一緒で、やたらと甘い。

あれやこれやと考えているうちに、千倉はカールソンの隣に座らされた。位置的におかしいだろうと思ったが、カールソンの意向には社長も専務も逆らう気はないようだ。社長たちからみれば相当に若い相手だというのに、下にも置かぬ扱いだった。それだけアシリスにとって大事な人物と考えているのだろう。

千倉が戸惑いつつも着席するあいだに、上司は帰されてしまった。ここまで案内するだけの役目を気の毒に思っていたが、どうやら命じられたわけではなかったらしい。千倉だけが呼びだされたにもかかわらず、気をまわして同行しただけのようだ。

「急に悪かったね」

「いえ……」

居心地が悪いことこの上ない。どうして平の社員がこんなところにいなければならないのか、まったく理解できなかった。

尋ねてもいいものかと考えていると、隣から声がした。

「実は初めまして……じゃないいんだよ」

「は……い？」

思わず隣を見ると、カールソンは意味ありげに目を細めていた。まるでいたずらをしかけている子供のような目だ。

会ったことがあるのだと言われても、まったく思い当たる節《ふし》はなかった。こんなに目立って印象的な男ならば、記憶に残らないはずがないのに。

困惑が見えたのか、カールソンはくすりと笑った。

「二十年近く前のことだけどね」

「は……？」

「わたしの母は〈ハナムラ〉の顧客でね。その関係で、何度かパーティーやショーに同行したことがあるんだ」

「あ、ああ……そう、でしたか」

記憶にないのは当然かと、ひそかに胸を撫で下ろした。千倉が〈ハナムラ〉関連の場に出ていたのは、小学校の低学年までだ。その後は自らの意思で出ないようにしていた。華やかすぎる場所に居心地の悪さを感じ、そこは自分がいるべきところではないと、子供ながらに悟ったからだった。

「申しわけありません。当時のことは、あまり覚えていなくて……」

「正直に言うと、わたしもはっきりと記憶しているわけじゃないんだ。お孫さんだと紹介された覚えがあるくらいでね。君のお兄さんとは、何度か話した覚えがあるんだけどね」

そういえば千倉と兄とカールソンは歳が同じくらいだ。同年代の出席者が少ない場で、彼らが言葉を交わすようになるのはごく自然な流れだろう。

それにしても違和感のない流暢《りゅうちょう》な日本語だ。生まれは日本だと聞いているが、少しは癖があるものと勝手に思っていた。

疑問はまだいろいろと残っていたが、それは専務が説明してくれた。

雑談のなかで、アシリスがデイリーアパレルを立ち上げたという話になり、そこから提携企業の〈ハナムラ〉が出て、社員に花邑千英の孫がいる……となったらしい。さらにカールソンが、孫なら面識があるはずだと言いだし、現在に至ったわけだ。

こんなところで〈ハナムラ〉の名が影響してくるとは思わなかった。千倉は内心げんなりしつつも、解放されるのをおとなしく待つことにした。

カールソンが関わるプロジェクトとは関係ない立場だし、いまだけ雑談につきあっていればいいだけ……と思っていた千倉は、それからしばらくして、大いにまた困惑するはめに陥った。

「僕も……ですか？」

歓待の意味を込めた食事の席に、同行するよう求められたからだ。

言いだしたのはもちろんカールソンだ。日本には知りあいがほとんどいないし、一緒に来てくれると嬉しい……などとやわらかい笑顔で提案した彼に、社長はあっさりと頷き、そうしなさい千倉くん、と強く言った。千倉の意思などきれいさっぱり無視し、その場で決定してしまったのだ。

残念なことに、千倉に予定はなかった。嘘をついたところでプラスにはならないし、リスクを冒してまで避けるような事態でもない。

溜め息を押し殺しながら千倉は了承した。

このまま社長や専務と同行するのかと思うと気は重いし、きっと疲れるだけだろうが、仕事の一環だと思えば諦めもつく。

今日は早めに切りあげるように言われ一度課に戻ると、すでに上司には話がまわっていた。ちょうどその連絡を受けたところだった。

「大丈夫だと思うが、失礼のないようにな」

「はい」

「いいなぁ、千倉さん」

女性社員たちの羨望《せんぼう》を浴び、千倉はひたすら苦笑した。代わってもらえるものなら代わって欲しかった。

「明日、たっぷり話を聞かせてね！」

期待に満ちた目を向けられても本当に困ってしまう。彼女たちにしてみれば、カールソンとの繋《つな》がりができて嬉しいのだろう。きわめて細い糸ではあるが。

そんな女性陣のきらきらした目と、男性陣の同情とも興味ともつかない目。そんななかで真柴は一人、ひどく不安そうな顔をしていた。もの問いたげで、どこかやるせなさそうな目だった。

カールソンの噂も写真も真柴は知っているから、またアツキのときのように過剰に心配しているのだろう。

（だんだん、ひどくなってきてる……？）

口説かれているときはもちろん、つきあい始めた頃も、ここまで千倉と接触する相手を気にしたりしなかった。男相手にばかり神経を尖《とが》らせているのは、同僚以外の女性と接する機会がほとんどないせいだろう。

帰宅したら、ちゃんと説明しつつ宥めてやらなければ。

千倉はパソコンに向かうとメールソフトを立ち上げ、仕事をする振りをしながら、簡単に事情を説明する文を打ち、真柴に送信した。

返事は短く、メールの本文はたった一行だった。

――わかりました。家で待ってます。

千倉はすぐにソフトを閉じ、ふうと小さく溜め息をついた。

千倉が帰宅したのは十時頃だった。覚悟していたよりは早かったが、それでも食事が夕方の五時頃に始まったことを考えれば、充分過ぎるほどに長い時間つきあわされたと言える。

「おかえり」

解錠の音を耳にした途端、真柴は玄関へ行った。出迎えられたことに驚きながらも、千倉はふと表情を和《やわ》らげる。

心なしか、顔に疲れが見えた。気疲れというやつだろう。

「ただいま」

労《いたわ》ろうと千倉に近づいたとき、ふわりと甘い香りが漂ってきた。

真柴は顔が強《こわ》ばるのを自覚した。千倉は普段、香りをまとったりしない。何度か会ったことがある専務もそうだし、社長も違うだろう。秘書室の知りあいから、常務が似合わない香水をつけているという話を聞いたことはあるが、社長に関してはまったくそんな話を耳にしない。

可能性として高いのは、カールソンという学者だろう。写真を見る限り、この甘ったるい匂いがぴったりな男だった。

真柴を見て、千倉は怪訝そうな顔をした。

「千倉さん……」

「ごめん。先にシャワー浴びる」

「え？」

「香水、移っちゃったから」

どうやら千倉も気になっているらしいが、少し顔をしかめた程度だ。千倉から香っても違和感はないが、人工的なものは彼に似合わない。なにもつけなくとも、彼からはいい匂いがするのだ。

「なにも、されてない？」

「は？」

後ろから抱きこむと、間の抜けた声が返ってきた。

「セクハラとか、パワハラみたいなの」

「なんでそうなるんだ」

呆れがたっぷり含まれた声が聞こえてきたが、気にしない。抱えこんでいる不安を口にしないと、どうにかなってしまいそうだった。

千倉は力を抜き、嘆息した。

「一緒にいたら移っただけだよ」

「移るくらいくっついてたの」

「くっついてないし、くっつかれてもいない。タクシーでホテルまで送るときに、隣になったんだよ。秘書室の人が助手席に座っちゃうし」

秘書と二人でカールソンをホテルまで送るように言われたらしいが、秘書は千倉よりも年上にもかかわらず、さっさとタクシーの助手席に収まってしまい、代わってくれなかったらしい。おかげでカールソンと並んで後部シートに座ることになったようだ。

「ほら、放して。君にまで移るよ」

軽く腕を叩かれて、不承不承解放した。真柴としても、ほかの男の香りが移っているのはいやだった。

千倉はキャットタワーの一番上で寝ているミルクを一瞥《いちべつ》し、バスルームに入っていった。さりげないしぐさに、千倉のなかでミルクという存在がちゃんと根づいていることが見て取れる。

多少のアルコールは入れてきただろうから、ここは熱いコーヒーをいれることにした。インスタントではなく、一人分になっているドリップ式を用意し、バスルームの水音が止まるのを待っていれた。

見慣れた長袖のTシャツと緩いハーフパンツといういでたちで、濡れた髪はそのままだ。充分に拭いたらしく雫《しずく》が垂れているようなことはないが、風邪をひくんじゃないかと心配になって、真柴はドライヤーを持ってきた。

「そこ、座って」

コーヒーを渡してから、座った千倉の髪に温風を当てる。髪を傷めないよう注意した。さらさらとした髪の指通りのよさを楽しんでいることは内緒だ。言おうものならば、二度とさせてもらえない可能性があった。せっかくおとなしく任せてくれているのだから、この権利は手放したくない。

髪を乾かすと、真柴は千倉と並んで座った。

スーツを脱いでしまうと、千倉はいくぶん若く見える。大学生のようで、真柴はひそかに

気に入っているのだが、もちろん気取《けど》られるようなヘマはしない。

「どうだったんですか、接待。なに食べたの」

「和食。新橋の料亭で、三時間以上もかけてね」

「三時間……やっぱ、うまかった？」

「うまかったと思うけど、味わう余裕なんてなかったよ。神経使ってばっかり」

声には疲れが滲《にじ》んでいる。確かに社長と専務、そして会社がＶＩＰ待遇で迎えた人物と一緒では、身の置きどころがないだろう。

どうやら千倉はその緊張状態だけを引きずっているようだし、真柴が心配するようなことはなかったと考えられる。それでも尋ねずにはいられなかった。

「それで……カールソンってどんな感じなんですか？　母親が〈ハナムラ〉の顧客ってのは、わかりましたけど」

それだけはメールで教えてくれたのだ。応接室から戻ってきて、会社を出るまでのあいだに、短い説明が送られてきた。処理しておかねばならない仕事があったので、詳細を打つ時間はなかったようだが、それでも千倉は一言残してくれた。きっと真柴が不安がらないように、という配慮だったのだろう。

「なんていうか……科学者っていうイメージではなかったな。社交的だし、わりとちゃんとした大人だった」

「へぇ……日本語って普通にしゃべれんの？」

「ああ。イントネーションも、そんなに違和感なかったな。生まれたのはこっちで、十三歳までいたんだって。母親はアメリカと日本を、いまだに行ったり来たりしてるらしい」

公表されているデータならば真柴も知っている。さっきインターネットで少し調べてみたのだ。カールソンは通常より早く大学に入り、天才の名をほしいままにしている。学生の頃は陸上の短距離やテニスをやっていた、文武両道の男だ。

チリチリと胸が焦げるような不快感がある。はっきりとした理由はない。だがひどくいやな予感がしていた。

「……写真、見た限りだと……かなりイケメン、ですよね」

「んー、イケメンというよりは……色男、かな。肩書き知らなかったら、とても博士号二つ持ってる人には見えない」

「そいつ、千倉さんに色目使ったりしなかった？」

「するわけないだろ。僕が誰かと会ったり話したりするたびに、いちいちそういうこと気にするのはやめなさい」

千倉は子供にでも言い聞かせるように、なかば呆れた調子で言った。

ちくりちくりと、小さな痛みが胸を差す。自分が四つも年下であることを、真柴はどうやら自覚していた以上に気にしていたらしい。

真柴は無言のまま千倉を抱きすくめた。

「ちょっ……」

「誰にでもじゃないよ」

「でもこのあいだだって……」

「アツキと、今日の博士だけでしょ。誰にでもじゃないですよ。なんかこの二人は、俺のなかで引っかかるんです」


千倉の言うとおり本当にいちいち反応しているならば、職場の連中を相手に毎日やきもきしていなければならない。会社には女性社員も多数いるし、なかには千倉が親しげに話す相手もいる。だが真柴が気に病んだことはなかった。彼のなかにあるセンサーのようなものが反応しないからだ。

アツキは直接自分の目で見たから、確信に近いものがあった。確かに仕事的な意味での下心が第一なのだろうが、それだけではなさそうな気配を感じた。あの段階では恋愛感情でもなかったし、性的な意味での下心でもなかったように思う。ただアツキというあのモデルは、同性をそういった対象にできる男だ。そういった話をあの打ち上げの席で聞いたし、本人を見て確かにそうだろうと思った。だから心配なのだ。

だがカールソンについては直感というほかない。人となりも知らないし、千倉にどんな態度で接するのかも知らない。それでもアツキ以上に気になってしまう。

「千倉さん、好きです」

「どうしたの、急に……」

「いつだってそう思ってますよ。あんまり言わないようにしてるけど」

吐きだした言葉はことのほかすねたような響きになってしまい、口にしたそばから真柴は後悔した。

千倉にはこんなところを見せたくないのに。余裕と自信に満ちた、大人の対応をしていたいのに。

「ちゃんとわかってるよ」

苦笑まじりの呟きに、それ以上はなにも言えなくなった。抱きしめている腕を強くすることしかできない。

つきあい始めた頃は、たぶん舞い上がっていたのだと思う。不安よりも喜びが勝《まさ》り、未来を案じることよりも今日の幸せしか頭になかった。

いまは違う。少し時間を置いたせいなのか、最初の頃にあったような高揚感は落ち着き、代わりに些細《ささい》なことで焦燥感が生まれるようになった。そのくせ千倉の視線や言葉一つで舞い上がりもする。

だからけっして千倉への気持ちが冷めたわけじゃなかった。むしろ強くなっているから、余計に彼の言動が気になり、彼へ近づく人間に神経を尖らせてしまう。

どうしようもない胸のうちは、どうやったら晴れるのだろうか。

「だから、こうやって真柴と一緒にいるんじゃないか」

「……はい」

それでも、重たいものを呑みこんだような感覚は去っていかない。

飢えを満たすように、千倉を抱いた。ひどくもの言いたげな様子を見せる千倉だが、抵抗はない。かといって喜んで抱かれてくれている、という感じでもなかった。

足りない。これじゃ足りない。

けれど子供みたいに欲しい欲しいと求めることもできず、真柴はその代わりとばかりに、ことさら執拗《しつよう》に身体を求めてしまうのだった。


その日だけ。そう思っていた千倉の日常は、明くる朝から早くも崩れていった。

少しつらい身体を引きずって、申し訳なさそうな様子の真柴と一緒に出勤する。いつもの光景だ。だが会社に着いた途端に、課長が複雑そうな表情を浮かべて千倉を呼び寄せた。

専務からの呼び出しを伝えられたのだ。

「今日も……ですか？」

どうやらまたカールソンにつきあわされるらしい。千倉の祖母、花邑千英と面会したいらしく、朝一番で連絡を入れてアポイントを取ったらしい。彼女は会長とはいえ、経営にはもうタッチしていないから、比較的時間の自由はきくし、昔からの顧客の息子とあっては、無下にもできなかったのだろう。

千倉は案内役を求められているらしかった。

思わず声が尖ってしまったことに、千倉はすぐ後悔した。

課長相手に文句を言っても仕方ないし、そもそもこんなことで感情をあらわにするのも不本意だ。以前より感情的になってしまうことが多い気がするのは、誰よりも近くにいる真柴の影響だろうか。

小さく息を吐きだし、千倉は普段の調子を取り戻した。

「わかりました。昼までにできるだけ片づけておきますが、無理な分はお願いしてもいいでしょうか……？」

「もちろんだよ」

「ありがとうございます」

千倉が抜ければ、デイリーアパレル課にそれだけ負担がかかる。だから昼までに対処しておくように、とのことなのだろう。

もっとも千倉に与えられた役割のなかで最も重要なのは、デザイナーの姉と〈CHアルフア〉の専務である兄とのやりとりだし、それ以外は割り振っても問題はない。主な仕事相手が兄姉というのもどうかと思うが、社をあげてそれを期待されてしまっているのだから仕方なかった。

「千倉さん、今日〈ハナムラ〉に行くんだって？」

席に戻ると向かいの席から話しかけられた。どうやらすでに事情は説明されているようだった。

「そうらしいです。ついでに仕事を持ちこみたいけど……無理かな」

「ちょっと厳しいんじゃない？　でもついでにやっちゃいたい気持ちはわかる」

基本的にこちらから出向くのだから、つい考えてしまうのは仕方ないだろう。姉にも兄にも予定というものがあるから、突然行っても会えるかは不明だが。

ちらりと真柴を見ると、強ばった顔をなんとかごまかそうとしている姿があった。だが千倉でなくてもそれは不自然に映ったようで、隣の席の女性社員から、どうかしたのと心配そうに声をかけられている。

真柴もまた以前より感情があからさまになってはいないだろうか。出会った頃は憂いを抱えていたせいもあったが、もっと抑え気味だったような気がする。

とりあえずこの場はごまかしたようだから、ここで蒸し返すのも憚《はばか》られ、仕事の合間にメールで宥めることにする。

周囲にはわからないように送信すると、すぐに隣でメールを開くのが見えた。

内容としては「心配いらない」だの「用事がすんだらすぐに戻る」だの、気休め程度の言葉を羅列しただけだが、黙っているよりはマシだろう。真柴の懸念はちゃんとわかっている。そう伝えることは無意味じゃないはずだ。

ややあって、メールが返ってきた。わかりました、の一言のほかに、もう一つ言葉が添えられている、千倉以上に短いメールだった。

(ミルクと待ってます……か)

思わず口もとが緩みそうになり、さり気なく頬杖をつくことでごまかした。

可愛いやつだと思う。普段からときどき思っていることだが、言われても真柴は嬉しくないだろうと、口にしたことはない。

けなげで一途《いちず》で、まるで飼い主に留守番を命じられた犬のようだ。

(そこそこ躾《しつけ》も行き届いてるし)

基本的には行儀がいいし従順だが、少し意地汚いところがある大型犬だ。大好物を目の前にすると、なかなか抑制が利かない。この場合の大好物はもちろん千倉のことで、特に性欲の面では手に負えないこともしばしばだ。

つきあい始めた頃は、最初だから盛り上がっているのだろうとかまえていた。少したてば落ち着くだろうと。だが相変わらずだ。あるいは千倉の考える「最初のうち」と真柴のそれにはズレがあるだけかもしれないが。

（仕事中になに考えてるんだ……）

恋人のこと、どころか、セックスのことを考えていたなんてありえない。慌てて意識を切りかえて、千倉はまわってきた見積もり表を見て、はぁと小さく溜め息をついた。

とりあえず必要最低限のことだけをなんとか十二時までに終わらせ、すぐさま指定された場所へと向かう。今日もまた社長室だった。

行くとそこにカールソンはおらず、社長と専務がいた。五分ほど話してから、千倉は一階へ下りるよう言われた。会社から車を出すので、一階ロビーでカールソンを待てばいいようだった。彼は朝のうちに一度ここへ顔を出したが、開発部の担当者たちとの打ち合わせがあって、出向いていったそうだ。

重たい気分で下りていくと、すでにカールソンが必要以上の注目を浴びながら、受付嬢とにこやかに話していた。昼休みなので、社員の出入りは激しい。ほとんどの社員は、アシリスの新しいプロジェクトも関わる人物も知っているので、向ける視線にはあれがそうかという強い興味が含まれていた。そして女性からの視線には、あからさまに熱を帯びたものが多かった。

声をかけようかどうか迷っていると、カールソンのほうで千倉に気づいて話を切りあげた。そうして軽く手を上げて近づいてくる。

「お待たせして申しわけありません」

「いや、わたしも本当にいま来たところだよ。行こうか」

当たり前のように背中――というより肩に近い部分に大きな手が触れ、正面玄関へと向かって促《うなが》された。

会社が用意していた車は思った通り役員用の黒塗りだった。一介の社員である千倉には無縁のものだ。後部ドアは運転手が開けている。

カールソンが乗りこむのを待ってから助手席に乗ろうとしていたら、なにをやっているのだと言わんばかりの顔をされた。

「どうしたの、乗って」

ドアを閉めようとする運転手を制しつつ、視線は千倉に向けられている。当然のように彼の隣を示された。

「僕は前のシートに座らせていただきますので」

「それじゃ話しづらいじゃないか。いいから、乗りなさい」

有無を言わさぬ態度で押しきられ、困惑しつつも千倉は後部シートに乗ることにした。その直前に、一瞬だけ運転手と視線をあわせ、共通の意識を抱いていることを確認してしまった。互いに「仕方ない」という気持ちがありありと見えていた。ここで押し問答をしても時間の無駄だし、カールソンの要望には極力応じるように、というお達しが出ている。おそらく運転手も聞いているのだろう。ましてこんな場所だ。時間をかければ、それだけ悪目立ちするということでもある。

車が走りだすと、カールソンは先ほどのやり取りなどすでに忘れたような顔をして、にこやかに言った。

「急なことをお願いして悪かったね」

「いえ……」

「君がいたほうが、話も弾むかと思ってね。なにしろわたし自身は〈ハナムラ〉の顧客ではないし」

ほぼ初対面なのは事実だし、年齢も違う。それは確かだが、だったらなぜ会おうと思ったのかと、問えるものなら問うてしまいたかった。

しかも向かう方角からして、〈ハナムラ〉本社ではなかった。

「あの……どちらへ向かっているんでしょうか？」

「まずはランチを取ろうと思ってね。それから、ご自宅に伺うよ。今日は一日、家で過ごされるそうでね」

「……そうですか」

内心で溜め息をつきつつも、軽く頷くだけに留《とど》めたのは上出来だったと思う。

祖母・花邑千英の自宅といえば、千倉にとっては実家だ。

かつて千倉たち家族は別の家で暮らしていたのだが、数年前に祖父がなくなったとき、一人になった祖母を心配し、同居することになったのだ。とはいえ、千倉がそこに住んでいたのはほんの二年ほどだ。就職と同時に一人暮らしを始めたからだった。

千倉を含めて孫たちは三人とも、それぞれ独立して暮らしているが、いまでも両親は祖母と住んでいた。

祖母とは最近、仕事でしか会っていない。以前からそう頻繁に帰るほうではなかったが、真柴とつきあうようになってから、ますます足が遠のいてしまった。休日は実家に戻る時間も気力もない場合が多いからだ。

広尾にあるこじゃれたリストランテは、千倉でも名前くらいは知っている店で、平日の昼間だというのに店内は女性客でいっぱいだった。

誰かに紹介されたのか、以前から知っていたのか、カールソンは恭《うやうや》しく迎えられていた。

案内されて歩いていく姿を、思わずといったように店内の客たちが追う。

店のなかでも奥まった場所にある、ドアで仕切られてこそいないが個室のような空間に千倉たちは通された。人目もこれで気にならなくなった。

広さは四畳ほどだが、窓も大きく取られていて圧迫感はない。見えるのは坪庭《つぼにわ》で、よく手入れがされているようだ。

「夜ならデートにもよさそうだね」

「そうですね」

「今度はディナーで来たいね」

にこやかな笑みを向けられ、返す言葉に詰まった。いまの流れからすると、千倉とデートをしたいと言っているように聞こえてしまう。

いやいや、と即座に自分の考えを否定する。まさかそんなはずはない。こういう場所でデートをしたいという漠然とした欲求に、同意を求められただけに違いなかった。

だがそんな千倉の考えは、ものの一瞬で吹き飛ばされた。

「もっとはっきり言わないとだめかな。君をデートに誘いたいという意味なんだけど」

「…………」

「君は男もありでしょう？」

切りこんできた言葉に、心臓が跳ねあがりそうになった。なぜわかるのか、あるいは鎌をかけただけかと、動揺ですぐには言葉が出てこなかった。

カールソンのまなざしはやわらかい。揶揄《やゆ》でもなければ、咎《とが》めている様子もない。まして嫌悪の色はどこを探してもなかった。

「いま現在、同性の恋人がいる。そうだろう？」

「……なんですか、それ」

どうにか言葉を返したものの、不自然な間ができてしまった。鈍い相手ならば、驚いたから、で押しきれそうだが、カールソンでは無理だろう。

「わたしはバイセクシャルだから、偏見のたぐいはないよ。ごまかす必要はない」

「根拠をお伺いしても？」

「カン……としか言いようがないな。昨日からそんな気はしていたんだけどね、決定的だったのは今日の君を見たときだ。気だるげで、ぞくっとするほど色気があったよ。昨日は恋人とデート？」

「……セクハラはどうかと思いますが」

溜め息まじりに千倉が返すと、カールソンはひょいと肩をすくめた。妙《みょう》に自然で、キザったらしいと思う隙もなかった。

「ハラスメントではなく、駆け引きだよ」

「は？」

「君を口説こうと思って」

カールソンは頬杖をついてまっすぐ千倉を見つめながら、口もとに笑みを浮かべた。軽い口調とは裏腹に、目は真剣だった。

なんだか旗色が悪い。この流れはかなりよくなかった。

「冗談をおっしゃるのは……」

「これが冗談だったら、かなり悪趣味だね。あいにくと……」

なおもカールソンがなにか言いかけたところで、人の気配が近づいてきた。さすがに話を続けるほど彼は非常識ではないらしい。

あらかじめコースをと伝えてあったらしく、料理に関しては、苦手なものはないかと問われただけだった。飲みものは、仕事中だからと千倉は固辞したのだが、乾杯だけつきあえと押しきられ、グラスワインが来ることになってしまった。

ふたたび二人きりになると、早速カールソンは話を戻した。

「さっきの続きだ。あいにくわたしは、趣味がいいと自負しているんだよ」

「失礼ですが、僕を口説く時点で信憑性《しんぴょうせい》はないですね」

「驚いたな。それは本気で？」

「本気じゃなかったら、なんです？」

「いや、ずいぶんと自己評価が低いものだと思って。それとも、日本人の美徳というやつなのかな」

まるで自分にはそれがないと言わんばかりだが、思わず納得だ。この男は自信の塊《かたまり》のような人間なのだろう。無闇に自尊心が高いわけではなさそうだし、自らの才能や実績、あるいは容姿といったものを、大っぴらにひけらかすような真似もしない。だが確実に滲み出ているのだ。

「別に謙遜してるわけじゃありません。自分が不細工だとは思ってませんよ。でも地味だし、おもしろみもないでしょう？　気の利いた会話ができるわけでもないし、愛想がないのも自覚してますしね」

「確か愛想はないし、おしゃべりでもないね。ただそれは、わたしにとってマイナスにはならない」

「そうですか」

「君はとても魅力的だよ。恋人だってそう思ってるはずなんだけど、彼は言ってくれない人なのかな？」

どこか挑発的に聞こえたのは気のせいではないだろう。質問の形を取りながらも、カールソンは千倉の恋人を暗に非難し、ついでに鎌をかけようとしているようだ。彼は強く確信しているし、否定したところで信じまい。とはいえ、はっきりと認めるのはとても危険な気がした。

面倒なことになったと溜め息が出た。

「男だと断定なさるのはどうかと思いますよ。確かに恋人はいます。僕があまり喜んでやらないから、なるべく言わないようにしてるみたいですが」

そのくらいのことは理解しているつもりだ。真柴が本心から言っていることもわかっている。だが照れと、どこか褒め言葉に抵抗がある自分がいて、真柴の言葉を素直に喜べないのだった。

そんな自分がもどかしくてたまらない。慣れない言葉の数々に、逃げだしたくなることもしばしばなのだ。

「君はシャイなのかな」

「……そんなんじゃありません」

否定の言葉はどうやら相手に届いていないようだった。温かみを帯びた視線を向けられて、妙に居心地が悪い。

千倉のことを理解しきっているかのような態度に少し腹が立った。まだ二度しか会っていないし、プライベートな話題に踏みこんだのはこれが初めてだというのに、わかったような顔をしないでほしい。

嫌いではないが、この男は苦手だ。真柴とはまた違った勢いがあり、千倉を否応なしに巻きこんでいく。マイペースといったほうがいいのかもしれない。

いろいろと駆け引きめいた言葉を向けられつつ、一時間以上かけてランチを取った。味は申し分なかったが、昨夜《ゆうべ》とは違った意味で疲れてしまった。

そうしてなんとかランチを取り終え、二時ぴったりに迎えに来た車に乗りこんだ。

三十分ほど車を走らせると、久しぶりの実家が見えてくる。

家は二階建て数寄屋《すきや》造りで、六人で住んでも余裕のある広さだ。それなりの築年数だが、定期的に手を入れているので古くささは感じられず、むしろ趣《おもむき》のある佇《たたず》まいになっていた。

快適に暮らせるように、設備も充実させてあった。

そんな家へと足を踏みいれ、カールソンは祖母との対面を果たした。

結論から言うと、問題はなにもなかった。

カールソンは畳が久しぶりだといって喜び、ひとしきり家を褒めたあと、彼の母親とパーティーに出席した話を切りだした。もちろん彼の母親が、こよなく〈ハナムラ〉を愛していることも言った。

祖母との会話はかなり弾んでいた。千倉はカールソンの隣で、ときどき問いかけに答えるだけの存在だ。

実家だというのに居心地が悪い。これならばまったく知らない人と知らない場所にいるほうがマシなのではないかと思えた。

(意味がわからない……)

自分がここにいる意味はなんなのか。

千倉などいなくても、カールソンはなんの問題もなく祖母とうまくやっている。ほぼ初対面だというのに、まるで長年の知己《ちき》のようだ。

話題は豊富だし、当たりも柔らかで、ファッションの話にも当たり前のようについていけている。祖母が趣味にしている園芸にもなぜか詳しく、最近興味を持ったという健康に関しては精通しているといってもいいくらいだった。

おまけに女性の扱いがすこぶるうまい。ある程度予想はしていたが実際はそれ以上で、呆れるやら感心するやら、だ。

（タラシって、こういうことか……）

甘いマスクと声は強力な武器だろう。当たり前のように相手を褒めるところも、不思議といやみにならない。

おかげで祖母は非常に上機嫌だ。嬉しそうに頰を染め、話に夢中になっている姿は、自分の祖母ながら可愛いと思ってしまうくらいに。

二人のやりとりを眺《なが》めながら、数時間前のことを思い返して溜め息をついた。

社長室で言われたのは、「カールソン氏のお世話を頼むよ」だった。

一瞬言葉を詰まらせた千倉に専務が続けた。ようするにコンシェルジュ的な役割を果たしてほしい、ということらしい。カールソンはしばらくホテル暮らしをするので、いろいろと不自由も出てくるだろうし、日本には親しい知りあいもいないのだという。

専務を目の前にして否と言えるはずもなかった。専務が言いだすということは、会社の意向でもあるのだから。

（春先から、いろいろ無茶言われてるな……）

千倉自身はなんの変哲もない平社員に過ぎない。特別優秀なわけでもないし、足を引っ張るほど使えなくもない、きわめて平均的な社員なのだ。ただ祖母を始めとする肉親たちが特殊だというだけで。

だから溜め息がこぼれてしまう。

穏やかだが居心地の悪い時間が終わりを告げたのは、花邑家の門をくぐってから二時間ほどたってからだった。

玄関先まで見送る祖母と千倉は簡単に挨拶を交わして終わったが、カールソンはずいぶんと名残《なごり》惜しそうにしている。

（ハグも、ナチュラル……）

さすがに海外で過ごした時間のほうが長いだけのことはある。千倉にはとても真似のできない芸当だ。

再会の約束を交わしたあと、カールソンはようやく帰る姿勢になった。

帰りはタクシーを使う算段になっている。帰りは何時になるのかわからないからと、最初から断ってあったようだ。

配車しようとした千倉を止めたのはカールソンだった。少しこの界隈を散策したいから、呼ばなくていいらしい。

「可愛らしい人だね」

花邑家から離れると、待っていたように彼は言った。

「……祖母のことでしょうか？」

「そうだよ。品のよさは、君にも受け継がれているみたいだね」

「ありがとうございます」

言葉を惜しまないのもさすがだと思った。褒められても困るだけだが、とりあえず礼だけは返しておく。

カールソンは本当に散策でもするつもりなのか、ずいぶんとゆっくり歩いていた。このあたりは住宅街で、タクシーなど滅多に通らないが、この様子だとたとえ見かけても無視しそうな気がする。

（マズい……方角がわからない……）

気ままに歩くのにつきあっていたら、すっかり道がわからなくなってしまった。

千倉は方向音痴だ。だから普段は、よく知る一部の道以外に通ることはない。仕事で外出しなければならないときは、事前に道順をしっかりと検討し、念のために端末に地図も入れておくし、最近は道案内のアプリも導入した。これは真柴が勧めてきたものだ。

事実を知っているのは真柴と家族だけで、仲のいい友人たちにすらいまだに隠している。まして仕事の関係者には言うつもりもない。

恥ずかしいとか情けないという気持ちもそれなりにあるが、なによりいやなのは、そういうイメージが職場で定着してしまうことだ。親しみを感じてもらえる可能性はあるが、千倉はそれを求めていなかった。

（とにかく大きな道路へ出て……）

どうせタクシーに乗るのだから、道などわからなくてもなんとかなる。とにかくカールソンにつきあって歩きつつ、車が行きかう音をキャッチしなくては。

神経を耳に集中させながら歩いていると、柔らかな声が降ってきた。

「静かだね」

「え……？　あ、ああ……はい、そうですね。あまり意識したことは、なかったですけど……」

我に返り、ぎこちなく頷いた。この界隈は昔ながらの住宅地だ。住人の入れ替わりも少なく、平均年齢も高い。これといった問題もないようだ。

「あまり馴染《なじ》みはない？」

「ええ。住んでいたのは二年くらいだったので」

「そうなのか。ああ……そうだ。君の部屋を見せてもらえばよかったな」

まるで名案だとでもいうように、その目が輝いた。

「はい？　部屋、ですか？」

確かに実家にはまだ千倉の部屋もあるし、年に何度か寝泊まりしている。滅多に戻らないので、置いてあるものといえば使っていた机や椅子、そしてベッドくらいだ。本は収納にしまってあるし、昔の服はすべて処分し、クローゼットのなかにはシーズンではない服が収められている。千倉にとってはたまに寝泊まりする倉庫、という感覚だった。

「お見せするようなものではないですから。部屋にはほとんどなにも残ってないですし」

「残念」

どうやら本気でそう思っているらしいが、まったく理解の範疇《はんちゅう》外だった。部屋を見て、なにかプロファイリングでもしたいのだろうか。

とりとめもなくそんなことを考えていると、カールソンからじっと見つめられていることに気づき、顔を上げた。

「なにか？」

「いや、別に。ところで話は変わるけど、君はいま、なにかスポーツをやってるの？」

「……本当に変わりましたね。スポーツっていうほどのことは特にやってないんですよ。たまに走ったり、歩いたり……くらいですね」

「どのくらい？　距離とか時間で」

「スローペースで、普段は五キロくらいです。長くても一〇キロ……かな。でも本当に、たまに走る程度ですから」

最近はもう少し持久力もスピードも上がってきているが、あえて言わないでおいた。深く突っこまれるのを避けるためだった。

「なるほど。じゃあ今度つきあってもらおうかな。ジムばかりだと、飽きてしまってね。皇居ランナーにまじってみようかと思っていたんだよ。一〇キロ走れるなら、二周はいけるだろうし」

「あそこはいつでもいますよね」

千倉は小さく頷いた。皇居の周囲はランナーたちに人気の高い場所だ。一周が五キロ程度で、夜中でも安全で、信号に引っかかることもなく、ランナー用のロッカーやシャワーが利用可能な施設もある。

アシリスも数年前に皇居から一番近い店舗を改装し、ランナーの要望に応えていたし、シャワールームとロッカーを併設したカフェもオープンさせるという。

「いずれは長距離用のシューズも作ることになるだろうし、様子を見ておくのもいいかと思ったんだ」

「はぁ……でも僕は遅いですから……」

「スロージョギングに興味があるんだ。実践してみたくてね」

これはどうあっても諦めそうもないし、会社から頼まれている身としては、仕事の参考にと言われてしまえば断りにくい。

「僕でよろしければ」

「ありがとう。そのときは、ちゃんと予告をするから安心してくれていいよ。今日のように急に呼びだすようなことはしないからね」

「……助かります」

溜め息をつかないよう、それだけ言うのがせいいっぱいだった。

それにしても話しながら歩いていたら、ますますよくわからないところへ来てしまった。

さっきまでは実家と隣接した町の名が見えていたのに、いま見えているのはもっと離れた場所の町名だ。二年住んでいたあいだも立ち入ったことのない界隈だった。

端末を開けばことは簡単だが、カールソンの手前それは避けたい。落ち着けと自らに言い聞かせ、頭のなかに覚えた地図を呼び起こした。

(確か家から見て北側のはず……)

町名からわかるのはそれくらいだ。ならば東側へ行けば、幹線道路へ出られるはずだった。問題は自分が現在、どちらを向いているかだ。

すでに周囲は暗くなりかけている。空を見て、より暗い方向が東だと判断し、千倉は少しほっとした。

「そろそろ帰ろうか。暗くなってきたしね」

「はい」

「どこか広い道路へ出たほうがいいかな」

「そうですね」

とにかく進めばなんとかなると信じ、千倉はカールソンを促した。下手《へた》に曲がらなければ問題はないはずだった。

だが無情にも道は変則的な角度で曲がっていたり、袋小路だったりと、千倉を混乱させるばかりだった。何度も曲がっているうちに、だんだんと方向がわからなくなる。カールソンと言葉を交わしつつだから余計にだ。

すべての道が直線で、曲がり角が直角ならばいいのにと思う。碁盤の目のように道が整備された町ならば、きっと千倉が迷うことだって激減するはずだ。

「……どの方向へ行こうと思っているのかな？」

あたりが本格的に暗くなり始めた頃、さすがに不審に思ったのかカールソンが控えめに声をかけてきた。

当然だ。かれこれ二十分は歩いているが、町名がまた先ほどと同じなのだから。気のせいでなければ、番地の数字もあまり変わっていない。

「わたしの思い違いならすまない。もしかして、迷ってる？」

「……すみません」

「ああ、やっぱり。いや、ここはさっきも通ったからね」

カールソンの声に苛立《いらだ》ちはないし、呆れの色も感じられない。だからといって彼の感情がその通りだとは限らないだろう。

千倉は深く頭を下げた。

「申しわけありません。すぐに現在地とルートを調べさせていただきます」

「そうだね。少し冷えてきたし」

すっかり日は落ちて気温もぐんと下がってきている。それぞれ薄手とはいえコートを着ているから寒さに震えるようなことはないが、こうなったからには一刻も早くタクシーをつかまえてカールソンを送り届けてしまいたい。

千倉が現在地を特定すると、それをひょいと覗《のぞ》きこんだカールソンは、すぐさま「あっちだね」と言いながらある方角に顔を向けた。周辺地図を見ただけで、見知らぬ土地だというのにわかってしまったようだ。

カールソンとナビの告げる通りに歩くと、十分もかからずに交通量の多い道に出られた。そこでタクシーを拾い、ホテルへ直行する。

「本当に申しわけありませんでした」

「あれかな、君はいわゆる方向音痴というやつなんだろうか？」

「……その通りです。事前に申しあげておくべきでした」

「いや……うん、わたしにとっては結果的によかったけどね」

くすりと笑みをこぼされて、千倉はまじまじと端整な横顔を見つめた。意味ありげな口もとが、ときどき外からの明かりに照らしだされている。

「困っている君を見るのは、なかなか楽しかったよ。だから迷っているのに気づいても、しばらく黙ってたんだ」

「そ……そうですか……」

趣味が悪いとひそかに溜め息をつき、ランチのときに聞いたことはやはり当てにならないと納得した。どの口で「趣味がいいと自負している」などと言えたのだろうか。

動揺している千倉を見て、真柴はよく可愛いなどと口走ってにやけているが、あるいはカールソンも同じタイプなのかもしれない。

「できれば口外しないでいただけると助かります」

「口止め料は？」

「ありません。ですので、どうなさるかはお任せします」

失礼にならない程度に素っ気なく返したのは、なにかを差しだしてまで守りたい秘密でもないからだ。これ以上、立場を弱くするのは真っ平だった。

「恋人は知ってるんだろう？」

「ええ。肉親以外では一人だけ……でした」

「なるほど。それは悪くない。わたしが二人目ということだろう？　だったら、むしろ口外したくないな。秘密は限られた人間で共有してこそ価値があるからね」

妙に楽しげな声を聞きながら、千倉は窓の外へと視線を投げた。

確かに二人目だが、それは方向音痴についてだけだ。千倉の恋人であるあの男は、もっとたくさんの弱点を知っている。

やがて到着したホテルは皇居を目の前に望む歴史のあるところで、千倉も過去に何度か訪れたことがあった。とはいえいずれもパーティーや披露宴へ出席するために来ただけで、宿泊したことはない。

一階フロアには、いつも通り人が大勢行きかっていた。

ほかにいくらでも新しいところはあるだろうに、外資系ではないところがいいといってカールソンはここを選んだ。どうやら彼の母親が昔から定宿にしていたらしく、彼自身もなじみ深いらしいというのも理由だ。

「部屋に寄って行く気は？」

「こちらで失礼させていただきたいと思います」

エレベーター近くで立ち止まった千倉は、あえて恭しく頭を下げた。

「まぁ、そうだろうね。相手に下心があるとわかっていて、男の部屋に行くのはむしろ感心しない。警戒心が強いのは結構だ」

満足そうに呟く男の真意がよくわからなかった。やはり本気ではないということなのか、下心を隠して部屋へ誘うのはフェアではないと思っているのか。

判断できるほど千倉はカールソンのことを知らない。だが知りたいとも思わなかった。

この手の男は危険なのだ。苦手だが嫌いではないし、どこか憎めない。知れば知るほど情が湧《わ》いてしまいそうな、いやな予感がする。

「どうしたの」

「……いえ」

「この男はなにを考えているんだろう……という感じかな」

まったくその通りだったから千倉は黙っていた。余計なことを言ったら、それだけ不利になりそうな気がした。

「君に興味があるのは本当だ。それも、強くね。正直まだ愛や恋とは言えないが、そうなっていく可能性はきわめて高い。この手の予感は外したことがないんでね」

「初めて外すかもしれませんよ」

「残念ながらそれはないな。現に、毎日でも君に会いたいと思うし、手持ちのカードを見せようと思うくらいには、本気だからね」

「だから、僕が警戒するのを承知でおっしゃったんですか」

「そう。軽い気持ちだったり、ただのセクシャルな興味だったなら、君を騙《だま》して連れこんでしまえばいいことだからね」

やはりアンフェアを嫌ってのことだったらしい。千倉のなかで、カールソンの点が少し高くなってしまった。

千倉は嘆息した。あれこれ要望を突きつけられるよりも困った状況だ。

「わたしは本気になればなるだけ気が長くなるタイプなんだ。自分で言うのもなんだが、一途だしね。まぁ、しつこいとも言うが。だから君に恋人がいてもかまわないし、ことを急いだりはしないよ」

「正直に言いますが、とても困ります」

「そうだろうね。だからといって引き下がったりはしないよ。最初から可能性を捨てるなんて、愚かなことだからね。さてと……夕食につきあってもらおうにもまだ早いし、今日のところはこれで自由にしてあげようかな」

「ありがとうございます」

「またね。今日は楽しかったよ。恋人によろしく」

すっと手を上げてカールソンはエレベーターに乗りこんでいった。そんなしぐさも、いやみなほど絵になっていた。

扉が閉まるまで見送ってから、千倉も帰途に就く。

(思ったよりは早く終わったな……)

千倉はこのまま帰っていいことになっているし、ここは会社よりも家に近い。きっと真柴より家に着くのは早いだろう。

久しぶりに夕食の準備でもして待つのもいい。冷蔵庫にはきっとろくなものが入っていないだろうから、帰りがけに買いものをしていかねば。昼は重かったから少し軽めのものにしたいが、そうすると真柴がもの足りないかもしれない。

あれこれ考えながら電車に揺られ、帰る道すがらスーパーに立ち寄って食材を買いこんだ。鍋にしてしまえば千倉も軽いものだけ食べられるし、なにより手軽でいい。

帰宅して、まずはミルクの様子を見て、異常がないことを確かめた。指先でそっと撫でることも忘れない。いきなり足にすり寄って来られるとまだ身を固くしてしまうが、わかっていれば大丈夫だ。

水を換えて、ドライフードを足してから、キッチンに立つ。

鍋の準備をしていると、真柴からメールが入った。どうやら駅に着いたらしく、千倉に夕食はどうするかと尋ねてきていた。

すぐに返信し、もう家にいて支度をしていると返した。

(走って来そうだな……)

メールを見た瞬間に駆け出す姿が目に浮かぶようだ。無駄に体力がある上に足も速いから、きっとすぐに帰ってくるだろう。

千倉は自然と笑みをこぼしながら食材を切りそろえ、土鍋でだしを取った。

玄関が開く音がしたのは、鍋に食材を入れられるようになった頃だった。時間的にも、真柴の様子からも、走って帰ってきたのは確実だろう。

「おかえり」

「ただいま。早かったんですね」

「うん。でも晩ごはんは手抜きで鍋だよ」

「すげー嬉しい。料理してる千倉さんも超好き」

バッグを床に放りだし、真柴は千倉に抱きついてきた。いつもはミルクにかまうのに、今日はあとまわしのようだ。

ばさばさと音を立てて、長い尻尾《しっぽ》が大きく振られているのが見える気がした。

（犬と猫、両方飼ってる気分……）

よしよしと頭を撫でると、かなり不満そうにしつつも離れていかない。食事の支度などできるわけがなかった。

「なにもできないんだけど」

「もう少し堪能《たんのう》させてくださいよ」

「昼間も会ってたろ？」

「あんなの同じ場所にいたってだけで、会ってたとか言わないでしょ。昼からは取られちゃったし。職権濫用ですよね」

「マイペースな人なのは確かだな」

「また香水の匂い移ってるし……」

こういうところも犬っぽくて、つい千倉は笑ってしまう。正面からしっかりと抱きつかれ

ていたのは幸いだった。声に出さなかったから、真柴はこちらが笑ったことに気づかなかったようだ。

「シャワー浴びたほうがいいかな」

「ん……できれば」

肩口でくぐもった声がして、千倉はわずかに目を瞠った。だがすぐに、ぽんぽんと真柴の背中を叩いた。

「わかった。じゃ、それやっといて。あとは入れるだけだから。順番はわかるだろ？」

「だいたい」

ようやく放してもらえた千倉は、着替えを手にバスルームへと直行した。まさかシャワーの申し出に肯定を返されるとは思っていなかったから、少し驚いてしまった。ほんの冗談のつもりだったのだ。

（そんなに気になるのか……）

匂い自体ではなく、それをつけている人間が、気になって仕方ないのだろう。なまじ噂や千倉の話でしか知らないから、余計に不安が募るのかもしれない。

髪と身体を洗って匂いを落とし、バスルームから出ると、一応今日着ていたスーツにも消臭スプレーをかけておいた。

鍋はすっかり煮えて、テーブルの上まで運ばれていた。火から下ろしても、まだぐつぐつと音がしている。

「卓上コンロが欲しいなー」

「邪魔になるよ。そんなに鍋しないだろ？　あっちで煮てくればいいじゃないか」

「食べながら少しずつ足していくのがいいんじゃないですか。広いとこに引っ越せば、邪魔じゃなくなるかもしれないし」

「またその話？」

「うん、またこの話」

諦めが悪い真柴に溜め息をつきつつ、千倉は座った。

そういえばさっきまで会っていた男も、諦めが悪いようなことを言っていた。タイプも違うし立場も年齢も違うが、そういうところは共通しているようだ。

「いただきます」

直前までの会話を忘れたように食べ始める真柴につきあい、千倉も食事に専念することにした。尋ねられないうちは、カールソンの話題を出すつもりもなかった。

のんびりとした気分で鍋をつつきながら、千倉はようやく寛《くつろ》いだ気分になれた。

真柴は時計を見て、あと三十分と小さく呟いた。

約束の時間は一時半だ。今日はこれからモデルたちとの打ち合わせがある。二月に発表する新作のためだ。ほかにも宣伝部の人間やスタイリストも同行するが、彼らの到着はまだだろう。

真柴たちは別件で外へ出ていたので、そのまま打ち合わせ場所の近くまで行き、ランチを取りつつ時間が来るのを待っているところだ。

ランチも出すカフェで、店内の客の八割は女性だ。スーツ姿の二人連れである真柴たちは、かなり悪目立ちしていた。

ランチプレートだけでは足りず、真柴はサンドイッチも追加し、いまは二人とも食べ終えてコーヒーを楽しんでいるところだ。

こんなふうに外で千倉とゆっくりするのは久しぶりだ。土日でもかまうことなく、カールソンから呼びだしが入るからだ。

だがそんなひとときも、千倉の携帯に来たメールで終わりを告げてしまった。

「カールソン……氏、ですか？」

「うん……」

いかにも気が重そうに溜め息をつく姿を見て、少しだけカールソンへの溜飲《りゅういん》が下がる。

それでも二人の時間をじゃまされた不満は残っていたし、千倉の態度のなかに嫌悪やいらだちがまじっていないことが気になった。

千倉は真柴に断ってから返信のための文章を打ち始めた。

今度のリクエストはなんだろうか。たとえばカールソンから、なにかが食べたいというリクエストがあったら、千倉は店を探して予約した上に同行しなくてはならない。買いものでも娯楽でも同様だ。

食事はもう何度もつきあっているし、バーに誘われて飲みにいったこともある。買いものにつきあうはずが、いつの間にか服を押しつけられて、困り顔で帰宅したこともあった。しかも先日は、ジョギングにまでつきあわされたようだった。

用事が入っているときはともかく、なかなか断れないのが現状らしい。プライベートでの約束や用事を理由に断ることもあるが、毎回というわけにはいかない。まして仕事は理由にしにくいのだ。たいていのことは上からの指示で調整をつけられてしまうからだった。

「ごめん。ちょっと今日の夕方から行ってくる」

「今度はなんですか？　食事？　それとも買いものですか？」

「不明。とりあえず仕事と無関係ではないみたいだけど」

「あやしいもんですよね」

つい吐き捨てるような言い方になったら、千倉が目を丸くした。まじまじと見つめられ、バツが悪くなった。

「なんか……最近ちょっと荒《すさ》んでる？」

「千倉さんを取られちゃってるからですよ」

周囲を憚って小声で告げたのはまぎれもなく本心だった。やや冗談めかした言い方をしたのは、本気を強く滲ませたら千倉が困るのが目に見えるからだ。

わがままだとは思われたくない。仕事の一つと割りきれない未熟な人間だと、千倉に溜め息をつかれたくないのだ。

会ったこともない男に真柴は嫉妬している。遠目にならば見かけたことがある男は、噂通りの堂々とした美丈夫で、確かに科学者には見えなかった。

知りあいがいない、と本人は嘯《うそぶ》いているようだが、聞けばたいそう社交的な男らしく、その気になればいくらでも知りあいでも友達でも恋人でも作れそうだと聞いている。

つまり作る気がないのだ。

「千倉さんがカールソン氏に使われてる分って、時間外手当つくんですかね？」

「どうだろう……サービス残業って気もするな」

「えーいいんですか、それ」

「そういうのは専務か社長に言ってくれ」

千倉はパチンと携帯電話を閉じ、すっかり冷めたコーヒーを飲んだ。ランチの皿はとっくに片づけられていて、代わりに来期の計画表がテーブルに載っていた。

あらためて目を通し、彼はふうと溜め息をついた。

「発売四ヵ月でコラボって、早すぎないか？　だいたいコラボTシャツとか、ありふれてていまさらだし」

「まぁでも、うち……アシリスらしい相手ですし」

春物の発売は二月を予定しているが、上は話題性を狙《ねら》って、アシリスと契約しているスポーツ選手たちをコラボレーションの相手に選んだ。

大リーグで活躍しているスター選手に人気実力ともにトップクラスのプロゴルファー、そして水泳の金メダリスト。もちろん世界で活躍するサッカー選手もラインナップに入っていた。日本人だけでなく、外国人の選手も数人決定している。世界ランキング上位のテニスプレイヤーや陸上の短距離選手などだ。

「交渉って、進んでるみたい？」

「それなりには。あとはまぁ……コレですね」

真柴は親指と人さし指で丸を作って見せた。ようするにロイヤリティだ。

千倉は最近、デイリーアパレル課のことにあまり詳しくない。カールソンのせいで抜けることが多いからだ。近いうちに異動させられるのではないかという噂まで出始めているくらいだった。

もちろん千倉は知らないだろうし、あえて耳に入れるつもりはなかった。知ったところでいやな気分になるだけで、回避するすべがあるとは思えないからだ。

それほどアシリスにおけるカールソンの影響力は強い。この数週間で真柴たちはそれを実感させられた。

千倉の抜けた穴はけっして小さくはないが、デイリーアパレル課ができることは、せいぜい現状を上に訴えることくらいだ。真柴個人も、入社の際に世話になった専務にメールを出してみたが、返ってきた答えは芳《かんば》しくなかった。なにしろ社長の肝《きも》いりで進めようというプロジェクトだから、カールソンの機嫌を損ねるようなことはしたくないらしい。

つまりはそれほど千倉が気に入られているということなのだ。異動の話にも、にわかに信憑性が出てきた。たとえカールソンが望まずとも、上が勝手に気をまわしてしまうかもしれない。

カチリと音がして、真柴は我に返った。

千倉がカップをソーサーに戻すときに、思いがけず大きな音が出てしまったらしい。本人も驚いた顔をしていた。

「ごめん、手が滑った」

「いえ……」

最近の千倉はぼんやりすることも多くなっている。本来の仕事以外のところで気苦労を強《し》いられ、時間を削られ、疲れも出てきているようだ。溜め息をつくことも多くなっているが、それでも外では普段通りの千倉でいる。

真柴にだけ弱ったところを見せてくれるのは嬉しくもあるが、心配でもあった。

「そろそろ行こうか」

「はい」

会計をすませ、目的のビル——アツキの所属する事務所へと入っていく。本来ならば打ち合わせは別々ではなく、一度にすませてしまいたかったのだが、スケジュールの都合でこうなってしまった。これが終わったあと、夕方から真柴たちは奈里亜に会って同じことをするのだ。

これでも調整した結果だった。奈里亜が仕事で海外へ行っていたためだが、明日以降になると、またほかにしわ寄せが行くので仕方なかった。

名前と用件を告げると、会議室へと通された。室内には長机とパイプ椅子が置いてあり、十人ほどが座れるようになっていたし、壁際にちょっとしたスペースもある。

「おー、千倉くんだーおはよー。あと真柴くんもー」

ついでのように言われたが、実際についでだろう。なぜか一人で会議室にいたアツキは、見ていた雑誌を閉じて無造作に机に放りだす。

「ここ座って、ここ」

「アツキさんのお近くには、打ち合わせの性質上、スタイリストと宣伝部の者が座ることになると思いますので」

満面の笑みで隣の椅子をバンバン叩くアツキを笑顔でやり過ごし、千倉はいくつか離れた場所に椅子を引いた。

案内してくれたスタッフは、コーヒーをいれると一礼して退室していった。

「なんだよ、冷てーなぁ」

「普通ですよ」

「いいや、まだ集まってねぇし、俺が行っちゃえー」

アツキは子供みたいなことを言って、本当に移動してきた。さすがにここで逃げるわけにもいかず、千倉は大げさな溜め息をついた。

「お一人なんですか？」

「マネージャーはなんとか時間までには戻れるはず……って言ってた。あれ、なんか疲れてね？　気のせいか、ちょい顔色悪い」

意外とよく見ているものだと思った。あるいはアツキにでもわかるくらいに、疲れが顔に出ているのかもしれないが。

空気のように扱われている真柴は、口を挟むわけにもいかずに、努めて冷静な目でアツキを見ているしかなかった。感情的になってもプラスは一つもないのはわかっていた。

タイミングがいいのか悪いのか、ちょうど宣伝部の社員から電話が入った。

「ちょっと、出てきます。垣本《かきもと》さんなんで」

「ああ」

アツキの耳を気にして念のために部屋を出た。とはいえドアは閉めないでおく。千倉と二人きりにさせるなど、とんでもなかった。

宣伝部の垣本という三十代の社員は、渋滞で五分ほど遅れると言ってきた。もう一人の社員の運転で社用車を使って来るつもりらしい。まだアツキ以外誰もいないと教えると、少しほっとしていた。

電話を切ると、室内での会話がよく聞こえてきた。

「ほんとに彼氏いねぇの？」

「いませんよ」

千倉はにべもなく言い放ち、真柴の足を止めさせた。

当然の返答だった。仕事の関係者を相手に、同性の恋人がいるなんて認めるわけにはいかない。たとえ相手に理解があろうとなかろうと同じだ。それを盾にされてしまう可能性があるからだ。

わかっている。いるが、目《ま》の当たりにすると、やるせない気持ちになる。まるで恋人の自分が否定されたように感じてしまうのだ。

（いつから俺、こんなにネガティブになったんだよ……）

自分自身が鬱陶《うっとう》しくてたまらなかった。兄との関係が拗《こじ》れたときも、ケガをして周囲や世間の期待を裏切ったと非難され叩かれたときも、こんなふうに焦《じ》れて胸苦しくなるようなことはなかった。どこかで反発し、負けるまいと奮起する自分がいて、一方的に打ちのめされる気分ではなかったのに。

恋は大きな幸せをくれたが、苦しみもくれた。手に入れた喜びと同時に、失う怖さもついてきた。

千倉を自分だけのものにして閉じこめてしまえればいいのに。

誰の目にも触れないように隠してしまえたなら、これほどの焦燥感や嫉妬にまみれずにすむかもしれないのに。

あやうい考えに達した真柴の耳に、誰かの足音が聞こえてきた。

（なに考えてんだ、俺）

軽く頭を振って、浮かんだ考えを追いやった。それから大きく深呼吸して、乱れた感情を落ち着かせる。

それがおさまった頃に、アツキのマネージャーが現れた。とりあえず宣伝部が遅れることを伝えなくてはならない。

「おはようございます。実はですね……」

まずマネージャーと話すことができたのは幸いだった。あのまま千倉のところへ戻ってい

ったら、確実に不審がられてしまっただろう。きっと会議室に戻る頃には、普段通りの顔が作れるはずだ。

五分程度なら、お茶でもいれて待っていようということになり、マネージャーは給湯室へ行き、真柴も手伝うことにした。

忘れたようなふりをしているものの、頭の隅にはさっきの考えがこびりついて、離れていかなかった。

数ヵ月に一度、千倉《ちくら》は高校時代からの友人と後輩に会っている。後輩といっても、卒業して何年もたっているので、すでにその感覚は薄い。年下の友人といった感じだ。以前、真柴《ましば》とも飲んだことがあり、今日もその予定だ。用事があるとかで、三十分ほど遅れてくることになっていた。

「アシリスの服、見ましたよ。Tシャツ買いました」

「ありがとう。真幸《まさゆき》は優しいね」

「買ったのは俺だけどな」

「偉い、偉い」

目の前にいる彼ら――嘉威雅将《かいまさゆき》と樋口《ひぐち》真幸は高校時代からの恋人同士だ。別れたりくっついたり、数年にわたって千倉をヤキモキさせてくれた二人だが、よりが戻ってからは落ち着いていて、危機的な状況はまったく窺《うかが》えない。

千倉に男同士の恋愛に偏見がなかったのは彼らを見てきたせいだ。とはいえ千倉自身はそのつもりなどなかったし、真柴が口説いてきた当初は頑《がん》として受けいれなかった。

だから、というわけではないのだが、千倉は真柴の恋人になったことを、まだ二人に打ち明けていなかった。

真柴がそれを不満に思っていることも知っている。同性カップルの友人にさえ言いたくないほど、自分とのことを隠しているのか……と、受けとめているらしい。

（ただの見栄……なんだけどね）

目の前にいる二人だからこそ、なんとなく言いづらいものがあるのだ。つきあい始めの時期はなおさらで、恋人ができて浮かれているように思われたら……などと、くだらないことまで考えてしまった。

もちろんいずれは言うつもりだった。そろそろ頃合いかもしれないと、今日は打ち明けるつもりで来た。

切りだすタイミングを計っていると、真幸がいきなり「そういえば」と言った。

「もうすぐ来ますよね。真柴くんの好きそうなもの、頼んでおきますか？」

「あ……ああ、いや……来てからでいいんじゃないかな」

内心ドキッとしながらも、表情は取り繕う。だが動揺はごまかしきれず、二人に違和感を与えてしまったようだ。

「どうかしたんですか……？」

「真柴となにかあったのか？」

「……話すと長いんだ」

「聞きます。あ、もちろん話せることだったら、ですけど」

真幸は表情を引き締めて、居住まいを正した。

相変わらずきれいな青年だ。初めて会ったのは彼が高校に入学してきたときだが、そのときから彼の美貌《びぼう》は際立っていた。大人になって、いまはそこに艶《つや》っぽさが増し、はっとするほど印象的になっている。

隣に並ぶ嘉威もまた、昔から非常に目立つ美形だった。身勝手で傲慢《ごうまん》だった学生時代とは違い、落ち着きと裏づけのある自信を得て、よりいっそう魅力的になった。

そんな二人が並ぶと人目を引いて仕方ない。どうして千倉の周囲には、キラキラと光を振りまくようなタイプが多いのだろう。千倉が他人から意識されにくかったのは、周囲がまばゆすぎたからでもあるのだ。

「いままで、僕はわりと人から目をつけられにくいタイプだったんだ……」

「は、はぁ」

「真柴とつきあうようになってから、なにかおかしい」

カールソンに口説かれたり、アツキに気のある態度を取られたり、以前は考えられないことが起きている。それもこれも、真柴と出会ってからだ。

目の前で真幸は困惑していた。話が見えないのだ。

「ええと……」

「……モテ期、って本当にあるんだろうか……」

「はい？」

真幸は目を瞠《みは》り、虚をつかれた顔をして固まり、嘉威はなにか異様なものを見るような目を千倉に向けた。

沈黙が落ちて、ようやく千倉は気づいた。

まったく要領を得ない、唐突な話になってしまった。らしくないと溜《た》め息《いき》をつきたくなる。

千倉自身も少し混乱していたようだ。

「順序がおかしかったね。実は……ちょっと前から真柴とつきあってるんだ」

「え……」

固まる真幸に対し、嘉威は冷静だった。

「つきあってるっていうのは、恋愛の意味だったのか？」

「ああ」

どうやら二人して、たんなる友達づきあいだと受け取っていたらしい。彼らにとって千倉は、それほど男同士の恋愛に結びつきにくい人間のようだ。

無理もない。なにしろ千倉自身が、つい最近までそうだったのだから。そもそも恋愛に対して消極的だったし、男に抱かれるなんて考えてみたこともなかった。

「それはやっぱり真柴からぐいぐい押してきた、みたいな感じか」

「まぁね」

「で、絆《ほだ》された……と」

まるで見てきたように嘉威は笑う。悔しいがまったくその通りなので、千倉はなるべく素っ気ない態度で軽く頷《うなず》いた。

真幸はまだ啞然《あぜん》とし、まじまじと千倉を見つめている。目があうと、呪縛が解けたように息を吐いた。

「びっくりした……」

「ごめんね」

「いえ。あ、でも納得というか……しっくり来ました」

「そう？」

大きく頷く真幸の隣で、嘉威も同意した。

照れくさくてどうしたらいいのかわからなくなる。身の置きどころがなくて、自然とうつむき加減になってしまった。

ふうん、と嘉威の声がした。

「おまえにも可愛《かわい》げってあったんだな」

「ちょっ……」

慌てて真幸は嘉威をつつき、千倉を気遣わしげに見た。

だから言いたくなかったのだ。おそらく嘉威は、初めて千倉に対して優位に立った気でいるに違いない。

どうしてやろうかと思っていると、真幸が言った。

「それでわかった。最近、千倉さんって雰囲気が少し変わったから、どうしたのかなって思ってたんです」

「変わった？」

「はい。雰囲気……っていうと少し違うかもしれないけど……その、単純にきれいになったっていうのとは違うんですよ。ね？」

「そうだな……なんていうか、目を引くようになったって感じだな。おまえもさっき言ってただろ。目をつけられるってのは、そういうことじゃないのか？　モテ期とか言ってたのも、それなんだろ？」

どうやら嘉威のなかで話は繋《つな》がったようだ。同じことを二度言わずにすんでよかったと思うが、二人の言葉は耐えられないほど恥ずかしかった。真柴に言われるよりもずっといたたまれない。

これはさっさと話を進めてしまうに限る。千倉はふっと息をつき、顔を上げた。

「最近仕事の関係で会った二人に、口説かれてる」

「二人か。確かにモテ期だな」

「あ、それで真柴くんが機嫌悪いとか？」

「悪いってほどじゃないけどね。ただ、まぁ……少し余裕なくしてる感じはするけど、そのへんお互いさまだな。僕も忙しくしてちょっとイラついてるところあるし」

「千倉さんが、イラつく……」

想像できないと真幸は呟《つぶや》いた。彼に限らず、多くの人たちの目に、千倉は感情の起伏が少ない、冷めた人間として映っているのだろう。

「あんまりないことなんだけどね」

「そんなに口説いてくる二人って鬱陶《うっとう》しいんですか？　あ……それって、男の人……なんですよね？」

「なんで男って思うの」

口説くという言葉から来るイメージもあるし、実際に真柴が恋人だと打ち明けたばかりだから、仕方ないのだろうとは思う。だがおもしろくなかった。

「なんとなく、ニュアンスで。違いました？」

「……違わない」

なにが悲しくて、男にばかり言い寄られねばならないのだろう。そういうのは真幸の担当でいいんじゃないかと思うのだが、なぜか真幸にはあまりそういったことがない。きれいすぎて敬遠されてしまうのかもしれない。

その点、千倉は手を出しやすいだろう。性格的には絶対に千倉のほうが取っつきにくいはずだが。

「仕事関係って、まさかモデルか？　カメラマンとか？」

「そこは黙秘」

「真柴くんは相手のこと知ってるんですか？」

「一人は会ったことがあるよ。もう一人は、話だけ」

答えながら、千倉は嘉威を見た。男の恋人がいて、さらに抱く側という意味で、嘉威は真柴と同じ立場だ。もし真幸に同じことが起きたとしたら一体どう感じるのか、そこに興味があった。

視線の意味を、どうやら嘉威は正しく酌《く》んだようだった。

「そりゃ真柴も余裕なくすよな」

「真柴にだって仕事の関係の女の子が言い寄ってきてるし、無下にできない状況なんだよ。でも僕は割りきってる」

「信用してるとかしてないとか、そういうのとはまた別の話なんだよ。相手が男の場合は、力ずくでなんかされるって心配もあるしな」

「はぁ……力ずく、ねぇ……」

「いや、千倉も真幸と一緒で、あんまり力はなさそうだし、酔いつぶれたり一服盛られたりとか……そういう方向もな」

「考えすぎ」

思わず真幸と顔を見あわせ、苦笑してしまった。確かに体力はないし、特別腕力も強くないが、そこまで非力なわけではない。それに酒を覚えたての学生ではないのだから、自分の酒量だってわかっている。まして一服盛るなんて現実的ではないだろう。そこまで行くと犯罪になってしまう。

「嘉威は真柴よりひどいね。妄想の域だね」

「心配性と言え。せめて過保護だ。まったく、真柴も可哀想《かわいそう》だな」

「……可哀想な真柴が来たよ」

千倉が座っている位置からは、出入り口のあるほうがよく見える。長身の目立つ男が、店員に案内されて来るところだった。

相変わらず真柴は視線を引きつれてやってくる。このあたりは目の前に座る二人も同様だが、店内は照明が抑えられているからまだマシだった。

「遅くなってすみません」

「お疲れ」

「お久しぶりです」

真柴はぺこりと頭を下げてから座り、メニューを受け取った。

「いま可哀想な真柴の話をしてたんだよ」

「は？」

「冷めた恋人持つと、報《むく》われないよな」

「え……」

メニューを開いたまま固まった真柴は、やがてぎこちなく千倉を見た。ゆっくりとした、まるで錆《さ》びた機械みたいなおかしな動きだった。

「僕たちの関係を二人に言ったよ。ついさっき」

「あ……ああ……」

真柴は目を瞠ったまま視線を嘉威たちに移し、笑顔の肯定を見て、ふたたび千倉へと目を戻した。

そうして大きく息を吐きだした。

「そっか……そうなんだ」

「内緒にされてるの、いやだったんだろ？」

「そうですけど……えっと、なんでいきなり？」

「別に。頃合いを見てただけだよ。黙ってたことにも深い意味はない。で、オーダーは決まった？」

もちろん嘘だが押し通すことにして、注文を促《うなが》した。

押され気味にドリンクと料理を決めた真柴は、それらを店員に告げつつも、まだかなり戸惑っているようだった。

ふーん、と嘉威が笑みを含んだ声で言う。

「力関係がはっきりしてるよな」

「まぁ、ある程度は」

「尻に敷かれてるんだろ」

「いや、それがそうでもないですよね。状況によって、主導権が移るっていうか……まぁ、千倉さんって特にエッチのときとか消極的だから」

「ああ……」

「余計なこと言うな」

ぺしりと真柴の頭を叩いてやっても、真柴はにやにやと笑うばかりだ。喜びを隠しきれていないのは明らかだった。

こんなに喜ぶならば、もっと早くに打ち明けてしまえばよかった。

「あー、真柴くんこれ。美味《おい》しいよ、はい」

真幸は唐突にマリネの皿を真柴のほうへと押しだした。話の流れを断ち切ろうとしているようだ。彼も千倉と同じ立場として、いたたまれない気分なのだろう。

するほうは気楽なものだと思う。同じ性を持った自分たちが、どれだけの覚悟で脚を開いたのか、彼らはきっと理解していない。

タイミングよく真柴のドリンクが来たおかげで、空気が変わった。四人揃《そろ》ったところで意味のない乾杯になった。

ふと真柴の誕生日のことが脳裏《のうり》をよぎったが、言うのはやめた。日付が変わったら、千倉が言えばいいことだ。なにも前日に、ろくに親しくもない嘉威たちと一緒に祝うこともない。

ちらりと真柴を見ると、さっきまでの上機嫌が続いているほかは特に普段と変わりない様子だった。

「いつからつきあいだしたんだ?」

「えー……と、夏の初めくらいですね」

「思ったより前だな……なんで黙ってたんだよ」

「なんとなく」

「これだからな」

　ことさら冷めた口調で返すと、嘉威は苦笑まじりに呟いて真柴を見やった。千倉の素っ気なさに対して、なにかしらの同意を求めているらしいが、望んだ反応は得られなかったようだ。真柴はにこにこと笑うばかりだった。

　最近の彼はどこか張りつめた雰囲気を背負っていることが多かったから、こんなに穏やかで上機嫌なのは本当に久しぶりだ。

　普段よりも饒舌《じょうぜつ》になった彼は、いろいろと言わなくていいことまで嘉威たちにしゃべっていたが、今日くらいは大目に見てもいいかと静観していた。

　だが静観していたら、歓迎できない話題になってしまった。

「へえ、じゃあほとんど毎日入りびたってんのか」

「週に五日くらい泊まりますね」

「ほとんど同棲だな」

「でしょ？　だからもういっそ引っ越して、ちゃんと同棲しましょうって言ってんのに、千倉さんが……」

　ちらりと視線を送られたが、千倉は無視してグラスを傾けた。いくら嘉威と盛り上がっているからといって、その勢いで同棲を取りつけようとしても無駄だ。ついでに援護射撃を得ようというのだろうが、負けない自信はある。

嘉威は納得したように頷いた。

「なるほどな。なんでいやなんだ？」

「会社に届けたくない」

「そんなの、適当になんとでもなるって。俺たちだって、ゆきの兄さんをごまかしてるぞ。なぁ？」

「うん、まぁ」

真幸は苦笑いだ。それについては千倉も当然知っている。

「嘉威さんたちって同棲してんですか？」

案の定食いついた真柴は、明らかにさっきまでより前に身を乗りだしている。使える手はなんでも使おうという貪欲《どんよく》さが窺えた。

「事実上はね。でも一応、ゆきは別のところに住んでる形になってるし、会社とか実家にもそっちの住所を教えてる」

「俺と似たような感じなんですか？」

「真柴は結構離れてるんだろ？　駅が違うよな？」

「違いますけど、走っていける距離ですよ」

「そりゃおまえだからだ。普通、走っていかないだろ」

嘉威の言葉には呆《あき》れと感心が入りまじっていた。

真柴に言わせると「軽く走って三十分程度」らしいが、普通はなんらかの乗りものを使う距離だろうし、彼が実際にやったのは一度だけだ。ずっと入りびたっているので必要がないからだった。

「俺たちはドアからドアで、三十秒くらいじゃないかな。町名は違うんだけどね。お互いの建物のあいだに細い道路があって、そこが境界なんだ」

「あー……なるほど」

「だから俺は結構戻ったりしてるよ。着替えもほとんど自分の家に置いてあるしね。会社帰りに寄ったり」

「こいつの兄貴が、たまに様子見に来るんだよ。俺は相当嫌われてるからさ、とりあえず普段から家にいるって感じにしとかないとな」

「偽装ですね」

「そうそう」

真柴は偽装が必要な理由については深く突っこんだりしなかった。どうやら遠慮しているらしい。千倉は特に口止めされているわけではないので、もし訊《き》かれたらあとで話してやろうと思う。

それに真柴としては、嘉威たちの事情よりも同棲のカモフラージュについて興味津々《しんしん》のようだ。なんとか応用できないものかとでも考えているのだろう。

「どっかに、区とかまたいでそういうとこないかな。できれば千葉とか埼玉とか神奈川とかの境でそういうとこって……」

「二軒も借りる余裕がどこにあるんだろうね。広いところがいいんだろ？　そうなると、広い分の家賃は真柴が負担するんだよ？」

「あー……」

「百歩譲って、金銭的な負担とか通勤条件がいまと変わらないとしても、広さが同じで君が入りびたるなら、引っ越す必要はないんじゃないか？」

広さを求めるだけならば難しいことではない。だが交通の便を考えると、場所は限られてくる。あとは建物の古さや日当たりなどといったものを犠牲にしなければ無理だろう。

「おもしろいな、おまえら」

嘉威はくすりと笑った。あえて黙っているようだが、顔を見る限り真幸も同様に思っているらしい。

「余裕の態度が腹立つ。嘉威のくせに」

「実際、余裕だしな。他人の恋愛事情は、見てておもしろい」

「誰に言われてもいいけど、おまえにだけは言われたくなかったな。さんざん面倒かけられてきたデキの悪い弟に、兄貴もせいぜい頑張れよ、って言われてる感じ」

「ひでえ」

気にした様子もなく笑い飛ばす嘉威は、本当に余裕と自信があるようだった。恋人の心をしっかりと繋ぎ止め、信頼も得て、社会的にも成功しているいま、彼はかつてとは違うのだろう。

適度に嘉威をいじってわずかな鬱憤《うっぷん》を晴らし、気遣わしげな真幸には癒された気分になり、千倉はその日の飲み会を楽しんだ。

お開きは思っていたより遅くなり、電車を降りたのは十二時近くなっていた。

「家着く頃には、日付変わってそう……」

「ギリギリかな」

「なんか今日は盛り上がりましたもんね。なんだかんだ言って、千倉さんたちって仲いいですよね」

「そう？」

「あの人たちといると、千倉さんってちょっと違う感じ」

「友達なんだから当然じゃないか？」

真柴は後輩で恋人だから、接し方は違うだろうし、会社や仕事関係の相手に対してはもっと違う。家族も同様だ。

「まぁ、そうなんでしょうけど……」

「別にどれが素ってわけでもないよ。意識して作ったりしてないしね。あえて言うなら、仕事のときは言いたいことを半分くらいにしてるかな」

「うん、それもわかってます」

妙に歯切れが悪い真柴をちらりと見ながら、慣れた道を歩いていく。そういえば、先日迷ってカールソンに方向音痴がばれたことはまだ言っていなかった。なにがあったかは隠すなと言われているが、あの日はタイミングを逸したし、いま切りだすのは唐突だ。また今度でいいかと、千倉は前を向いた。

「僕の態度で、なにか不満があったりする？」

「違います、そうじゃなくて。ただ……なんか、ちょっと気になって」

「なにが？」

「嘉威さんって、昔は真幸さん以外にもいろいろ手を出してたんですよね？」

「ああ、うん。あっちこっち目移りして飛んでって、結局真幸のとこに帰ってきて……。ようするに、ずーっと真幸だけが好きだったんだよ。本人わかってなかっただけで」

思い返しても、非常にもどかしくて面倒くさいカップルだった。彼女と別れるたびに平然と戻ってきていた嘉威も嘉威ならば、ギリギリまでそれを許していた真幸も真幸で、いまの千倉ならば早い段階で口を出してまとめてしまったことだろう。当時それをしなかったのは、いずれ落ち着くだろうと安易に考えていたからだった。

「その、目移りしてた頃に、千倉さんは手を出されたりしなかったんですか？」

「は？」

なにを言っているのだと言葉を失った。いろいろと真柴の発言には驚かされてきたが、これは一、二を争う意外さだった。

唖然としていると、その顔を見て真柴はほっと息をついた。

「なかったんだ」

「ないよ。そんなの、あるわけないじゃないか」

「あるわけない……って、なんで？　可能性はゼロじゃないでしょ？　だって嘉威さんはもともと真幸さんとつきあってて、同性はありだったわけじゃん」

「あのね、人には好みってものがあるの。近くにいたら、誰でもその気になるってわけじゃないんだよ」

「知ってますよ、そんなこと。俺だって千倉さん以外は考えたことないし。でもずっと近くにいたなら、千倉さんの魅力とかに気づいてもおかしくないな、って思ったんですよ」

「だからないって、そんなの」

あくまで千倉は嘉威にとって友人だ。それも食えないやつ、あるいは頭が上がらない相手、と思われている節《ふし》がある。

「でも……」

「最近はね、さすがに自分に向けられてる視線の種類とか、わかるようになったよ。君とか、例の二人のおかげでね。で、そんな僕が昔からいまに至るまで嘉威のことを思いだしてみても、一度もそういう感じはなかったの。これでいいか？　ついでに言うと、嘉威の熱みたいなものは、いつだって真幸にしか向かってなかった。ほかの彼女といるときとは、根本的に違ってた」

一気に捲《まく》したてて、ふうと大息をつくと、ようやく納得したらしく真柴は神妙な顔で頷いた。頑張ってしゃべったかいがあったというものだ。

まさか嘉威のことまで気にするとは思わなかった、というのが本音だ。しかも過去のことでだ。

（前はそんなじゃなかったはずだから……やっぱり、いろいろ余裕ないんだろうな……）

思っていたよりも、精神的に安定を欠いている状態なのかもしれない。この週末はうんと甘やかし、宥《なだ》めてやる必要がありそうだ。

もちろん譲れないことはあるが。

日付が変わる寸前に帰宅を果たし、真柴がミルクの世話をしているうちに、壁かけ時計の針が真上を向いた。

あとはタイミングだ。着替えて落ち着いたら、顔を見てちゃんと言おう。

スーツを脱いで、真柴からも受け取ろうとハンガーを手に振り向くと、やたらと大きな独り言が聞こえてきた。

「あー、やっぱちゃんと同棲したい。ゼロから二人で決めて、新しい生活始めたい。ゼロっていうか、二人で相談して家を決めてー……とか」

「はいはい。それよりスーツ寄越しなさい」

「ねぇ、ついさっき俺の誕生日になったんですよ」

「…………」

出端《でばな》をくじかれた気分で千倉は眉をひそめた。せっかくスーツをしまってから真柴の隣に座って切りだそうとしていたのに、なぜ自分から言いだすのか。それも愚痴っぽく、頭から千倉が忘れていると決めつけんばかりに。

「……わかってるよ。ちゃんとプレゼントも用意してるし、これから言おうと思ってたとこだったし」

「マジですか？　忘れてたんじゃなくて？」

「ふーん。恋人の誕生日を忘れるようなやつだと思ってたんだ？」

「だって全然そういう素振りなかったじゃないですか」

「見せないようにしてたんだから当然だろ」

なかば強引にジャケットを剝《は》ぎ取り、クローゼットにしまう。それから隠しておいたプレゼントを手に、真柴の隣に座った。

別にサプライズを狙《ねら》ったわけじゃない。だが誕生日が近くなるにつれ、当日いきなりプレゼントをあげるのもいいかと思い始めて今日に至ったのだ。

「はい、これ。誕生日おめでとう」

思い描いていたシチュエーションとは違ってしまったが、そう遠くもないだろう。この部屋で、真柴と千倉とミルクだけがいて、日付が変わってから間もなくの言葉。一応笑顔をつけてみた。

「あ……ありがとう、ございます」

嬉《うれ》しそうに笑みを浮かべた真柴は小さめの箱を受け取ると、開けていいかと断ってからラッピングを解いた。

真柴のために選んだのはキーケースだ。彼が高校生のときから使っているというオモチャみたいなキーホルダーはあちこちメッキが剝げているので、少し大人っぽいものにしてみた。思い入れがあるものならばともかく、たんに気がまわらないだけなのは確認ずみだ。社会人なのだから、ちゃんとした小物を持つのもいいだろう。真柴の持ちものにはほかにもいろいろと突っこみたいものがあるのだが、それは順次新しいものをプレゼントすればいいと思っている。

「うわ、かっけー……」

真柴は早速、長年愛用していたキーホルダーからキーを外してプレゼントしたばかりのケースに付け替えた。

キーはたったの二つだ。真柴の家のものと、ここのと。

「……同棲したら、一つになりますね」

「すればね」

「これにプラスして、同棲もプレゼント……とか、だめですか？」

「それは無理」

「嘉威さんたちみたいな手とか、ほかにもいろいろあると思うんですよね」

「いい案が出たら教えて」

「……まぁ、いいですよ。いつか『うん』と言わせてみせますから」

やけに自信がありそうな言い方に、千倉は眉根を寄せる。前も同じようなことを言われたが、この男がここまで言い切ったなら、本当にそうなりそうな気がしてくる。

千倉自身、どこかで折れてしまいそうな予感があるのだ。もちろん誰にも言わない。真柴が知れば、加速度的に話が進むのが目に見えるからだ。

それから順番に風呂に入って、冷たいお茶を飲んだ。さんざん酒を飲んだあとだからアルコールはやめることにした。明日は休みだとはいえ、これ以上飲んだら明日の体調に響きそうだ。

「千倉さんに祝ってもらう初めての誕生日ですね」

表情にも声にも喜びが滲《にじ》んでいる。子供でもないのにこんなに誕生日を喜ぶ人間を初めて見た。

「そんなに嬉しいの？」

「嬉しいですよ。三つ違いですよね」

「は？」

「千倉さんの誕生日まで。三ヵ月だけですけど」

声を弾ませる真柴を見つめ、千倉はしばらく黙りこんでしまった。

なにがそんなに嬉しいのかが、よくわからなかった。四歳の差が三歳になったところで、なにが変わるわけではない。そんなものは単純に生まれ月の問題だ。そもそもどうして歳《とし》の差をそんなに気にしているのかが、千倉には理解できないのだ。

真柴が四歳若いということは、つまり千倉が四歳も上だということだ。人によっては年上だということを気にしたりもするだろう。現に千倉だって少しはそういうことを考え、意識することがある。だが本当に少しだ。

「なんか……意味不明、って顔ですね」

「え、いや……まぁ、少し……」

「はっきり言って、ちょっと気にしてますよ。なんで四つも下なのかな、って。ガキの頃だったら、小六と高一ってことですよ」

「その考えは無意味だよ。だっていまはお互いに社会人だし、その頃は知りあってもいないんだし」

「そうなんですけどー」

相変わらずクール、と呟いてから、真柴は溜め息をついた。なにかを言いたくて、だが言いにくくて、仕方なく黙っているといった様子だった。

何度か口を開きかけては言葉を呑《の》みこんで、合間にお茶を飲む。

グラスが空になった頃、急に真柴は千倉を見た。

「なんていうか、意外と俺、自信なくて」

「自信……ないの？」

「ないですよ。だって千倉さんから見たら俺って全然大人じゃないし、余裕とか包容力とかないし。だからって無邪気に好き好きーってだけ言ってられるほど、ガキでもないし」

ひどく中途半端だと彼は自嘲《じちょう》する。

仕方ないなぁと千倉は苦笑して、真柴の頭をそっと抱きしめた。こういうことを彼は嫌うのかもしれないが、放っておけなかった。

「中途半端なんじゃなくて、ちょうど中間にいるってだけじゃないのか？」

「それってなにが違うんですか」

「だから成長途中ってこと。今後に期待してるから」

真柴の伸びしろは大いにあると思う。本人は気にしているが、まだ二十三になったばかりなのだ。何年かたてば、きっと見違えるほどいい男になっているはずだ。いまだって千倉は充分にいいと思うが、数年後には真柴が望む形に近くなるような気がする。

あの嘉威だって見違えるほど大人になり、いい男になったのだ。真柴がそれ以下なんてありえない。

「千倉さんっ」

勢いよく抱き返され、そのまま床に押し倒される。慌てて逃げていったミルクが、キャットタワーの上から見下ろしてきた。

裸に剝かれて身体中にキスされる合間に、千倉も真柴のネクタイとシャツを取ってやる。着瘦《きや》せする真柴の、存外たくましい身体《からだ》に思わず手が止まりそうになった。理想的な美しい肉体には、いつもどきどきさせられてしまう。

男らしい彼の指もきれいだ。優しく肌の上を這《は》いまわっているそれが、やがて容赦のない動きで千倉を責め立てることはわかっていた。

快楽はときに苦しさに近いほどで、泣いて許しを請うこともしばしばだ。聞くに堪《た》えない嬌声《きょうせい》を上げて、ひどい痴態をさらすことだってある。

真柴だからそんな自分に耐えられるのだ。なにをされたって、相手が真柴だから許してしまえる。

きっと真柴はわかっていないだろうけれども。

「あぁっ……」

いつものように声を上げさせられて、快楽の淵に落ちていく。

せっかくの誕生日だから、今日は真柴が望むだけ与えようと、千倉はいろいろな意味で覚悟を決めた。

待ちあわせのカフェの窓際の席で、真柴はぼんやりと行きかう車や人を眺《なが》めていた。待ちあわせの相手は、少し遅れている。

もうすぐクリスマスだからなのか、街はどこか浮《うわ》ついて見える。あるいは師走《しわす》の忙《せわ》しなさを、無意味にきらびやかな装飾がそう思わせているだけかもしれないが、真柴にとってはどちらだろうと同じことだ。

(クリスマス……か)

千倉と出会い、恋人になって、初めてのクリスマスだ。だがいまのところ特別な計画はなかった。真柴は何度かお伺いを立てたが、千倉があまり興味を示さないのだ。

この分だと、彼らにとってはただの連休になってしまいそうだ。もちろん真柴はプレゼントを用意しているが、千倉はどうかわからない。

(誕生日のときみたいに、黙って用意してるとか……ありそうだけど)

真柴はある程度、千倉のことを理解しているつもりだが、完璧ではない。いまだにつかめないところも多い。

千倉の言動に振りまわされている自覚はあった。一喜一憂していると言ってもいい。

そんな真柴を知ってか知らずか、千倉は相変わらずだ。同棲の話はにべもなく断り続けているし、カールソンとは週に三度は会っている。自ら会いに行っているわけではないから、呼びだしに応じている、というのが正確なところだが、慣れたのか諦《あきら》めたのか、以前のように溜め息をつくことはほとんどなくなっていた。

（なんで千倉さんまで走らされてんだよ。それにやつの仕事は短距離用のシューズじゃなかったのかよ）

真柴がここにいるのは、ある用事のためだ。本当は千倉の役目だったのだが、カールソンの呼びだしが優先されたために、真柴が来たのだ。気は進まなかったが、急ぎなのだから仕方ない。可能ならバイク便を飛ばしているところだ。

いまごろ千倉は、皇居の周囲を走っている。数日前からの予告付きで、千倉はまたカールソンに持っていかれてしまったのだ。役目を果たしたら帰っていいことになっているようだが、何時になるかは不明だ。

そもそもなぜ千倉がつきあわねばならないのだろうか。そんなに走りたいなら、アシリスと契約している長距離選手に声をかければいいのに。

（走ってるあいだは問題ないんだよ。外だし、明るいし、人目あるし……けど、問題はそのあとだ）

平日だろうと真っ昼間だろうと、いわゆる皇居ランナーは間違いなくいるだろう。彼らはどの曜日のどんな時間でもいるのだ。真柴も一度、深夜の二時頃にタクシーで通りかかり、何人も走っているのを見て驚いたものだった。ましてあそこはランニングコースとしても安全とされている。

カールソンが滞在しているホテルからも近く、道は迷いようもない。一人で黙々と走れ、と思うのだが、専務からも頼まれてしまい断れなかったようだ。仕事にも無関係ではないと押しきられたらしい。

しかも今日で二度目だ。前回も一時間ほど走らされ、千倉はそのままタクシーで帰ってきた。カールソンの宿泊先でシャワーでもと誘われたらしいが、きっぱり断って逃げるようにして戻ってきたのだ。

今日もうまく逃げられるだろうか。今日は拠点がアシリスの店舗だというし、千倉のことだから大丈夫だとは思っているが、心配は尽きなかった。

（相手は千倉さん狙いの男だぞ。しかも立場強いし、頭も切れそうだし、口もうまそうだし、ガタイいいし）

千倉はきっぱりと断ったというのに、カールソンの言動は相変わらずらしい。拒絶の言葉などなにも聞かなかったかのように、二人きりになると必ず口説いてくるという。

カールソンがどんな言動をしたのかは、真柴のたっての頼みで逐一報告してもらっている。知りたくはないが、知らないのはもっといやだったからだ。それに話してくれる千倉の様子から、彼が困惑しているのがわかるから、その事実に安心もしていた。

カールソンの言葉や視線は、千倉が戸惑うほどの熱と欲望を孕《はら》むもので、冗談や酔狂だと笑い飛ばせるものではないらしい。

千倉が感じるくらいだから、相当なのだろう。

(なんであの人は、あんなに自覚薄いんだよ……っ)

無自覚とは言わない。だがとても薄いのは事実だ。自分の顔立ちが整っていることは知っていても、地味だから他人から求められにくいと思っているらしい。華やかな人こそが好かれ、関心を集めるものと、なぜか頑《かたく》なに信じているのだ。

だったらなぜ、真柴以外の男が二人も言い寄っているのだと言ってやりたい。いや、実際に言ってやった。つまりそれだけ魅力的なのだと、自覚はないだろうが色気があるんだと切々と訴えたが、たぶんあまりわかっていないだろう。

ある程度は仕方ないと思ってはいる。色気なんて自分でわかるものではないのだろうし、つい最近まで千倉は男の関心を集めたことなどなかったのだから。

(たぶん俺のせいなんだけど……なんだけど!)

これがジレンマというやつか。千倉が真柴に愛されてきれいになったのは、無色透明だった彼にうっすらと自分の色がついたようで嬉しい。だがほかの男に目をつけられてしまったのはいやだ。自分だけの千倉でなくなったようで悔しいのだ。

真柴の心中はかなり穏やかではなかった。

「なにどっか行っちゃってんの、真柴くん」

向かいの席から不機嫌そうな声が聞こえて真柴は我に返った。

いつの間にか待ちあわせたアツキが目の前に座っていた。待つあいだに窓の外を眺めていたら、つい千倉のことで悶々《もんもん》としてしまい、まったく気づかなかった。

「……どうも。じゃなくて、おはようございます。先日はお世話になりました」

「おはよ」

「早速なんですけど、これ。お約束のチケットです。パスは当日、受付でお渡しする形になります」

「サンキュ」

今日は頼まれていたものを届けに来ている。サッカーの国際試合のチケットだ。特別観覧席で見てみたい、と言われたので、アシリスで用意したものだった。

これも仕事の一環と、真柴は無理に自分を納得させる。

ウエイトレスがコーヒーを運んできて、アツキの前に置いた。どうやら席に着く前に、頼んでおいたらしい。

ブラックでそれを飲みながら、アツキはぼやき始めた。

「チケットは嬉しいけどさ、真柴くんで正直がっかり。あー、せっかく千倉くんに会えると思ったのになぁ」

「千倉は別の用事がありまして」

「ふーん。忙しいんだ？」

「まぁ、そうですね」

「あの子ってさ、なんか雰囲気いいよな」

「は……？」

思わず真柴は顔をしかめそうになったが、かろうじて引きつる程度でごまかせた。あの子、だなどとアツキに言われたのが妙に腹立たしかった。確かに歳はあまり変わらないが、アツキは二十歳前後のチャラチャラした青年といった言動が多く、千倉をあの子呼ばわりするには違和感がある。

なにより心情的にいやだった。

「あれ？　どうかした？」

「……いえ」

「真柴くんもさ、そう思うだろ？　いいよなぁ、あの子。押し出しの強いタイプって、正直もう飽きちゃっててさ。俺のまわりって自分の見た目に自信たっぷりで、ほら見て見てきれいでしょー……みたいなのばっかだから。ああいうタイプってすげー新鮮。地味なだけじゃないもんな。顔はきれいだし、スタイルはいいし、あとなんか上品っつーの？　やっぱお育ちかね。そのくせ色気あるし」

べらべらとよくしゃべる男は、まっすぐ真柴を見つめて薄笑いを浮かべている。挑発に思えて仕方なかった。

ふと、薄い笑みが急に深くなった。

「どうなの、あの子の具合って」

いきなりの直球に、とっさの対応ができなかった。わずかに目を瞠るという、なんとも微妙な反応をしてしまう。

アツキはしたり顔だった。

「カレシなんだろ？」

「……なんの話、してんですか」

なんとか返してみたものの、態度が明らかに不自然だった。自覚はあったし、相手も当然そう思ったようだった。

「ごまかすなって。俺もさ、男とやったこと何回かあんだよ。基本的には女のほうがいいんだけどさ」

「そうですか」

「うん。けどさ、好みだったら男もありなの。だってさ、もったいねぇじゃん？　せっかく顔も性格も好きなタイプなのに、女じゃないからって除外しちゃうのってさ」

言っていることはわからないでもなかった。真柴だって千倉に出会い、除外することをやめたのだから。いや、それまでは除外しようと思う対象すらいなかったが。

「千倉さんが好みなんですか」

「だからそう言ったじゃん。なんかさ、着物とか似合いそうじゃねぇ？　ああ、いいな。うん、いい。着たとこって見たことある？」

「ないですよ」

だが確かに似合いそうだとは思う。色目の薄いシンプルな着物が、彼のおとなしめの風貌にはさぞかし映えるだろう。

「えー浴衣《ゆかた》も？　あんたら旅館とか行ったりしねぇの？」

「しませんよ」

「しないんだ。へぇ……」

声の調子と視線に、真柴のいらだちは募っていく。目の前にいる男は千倉の友人ですらないくせに、まるで優位なところからこちらを小馬鹿にしているような態度を取る。

安い挑発だということはわかっていたが、感情はどんどんコントロールできないほうへと向かっていった。

「もったいねぇ、俺だったら浴衣でもいいから着せて、そのままエッチしちゃうけどな。浴衣とか着せたままって、エロくねぇ？」

「さぁ……」

「特にあのタイプって、どうにかしてやりたくなるじゃん。すました顔がさ、気持ちよくなるとどんなふうに変わるのか見てぇもん。色白いし、肌もきれいだしな。絶対あれ触《さわ》り心地いいと思うんだよね。でさ、浴衣の下のほうだけガバーッと開いて、顔突っこんでアンアン言わせて、とろっとろにしてから、俺のでいかせまくりたいよねー」

頭のなかが一瞬で沸騰した。たとえ妄想のなかでさえ、ほかの男に千倉が犯されているなんて許せなかった。

「ふざけんな……っ」

「別にいいじゃん、想像するくらい。ただの後輩ならさ」

「ただの後輩なんかじゃない」

「だよな。いやー若いねぇ」

にやにやと笑うその顔を殴りつけたい衝動に駆られたが、もちろんそんなことはできない。テーブルの下で、真柴はぐっと手を握りこんだ。

ああ、やってしまった。安い挑発だとわかっていたのに、耐えられなかった。

こんなふうに未熟だから、いつまでたっても千倉に追いつけない。彼を包みこみ、甘えさせることができるくらいの男になりたいのに。

何年かたてば、と言ってくれた。だがそうなる前に見捨てられないという保証はどこにもないのだ。

黙りこんだ真柴に、アツキはニヤニヤしながら続けた。

「そっかー、やっぱ真柴くんなんだ。打ち上げのときから、そうじゃねぇかなーって思っててたんだけどさ」

「なんでわかったんですか」

ここまで来たらもう開き直るしかなかった。千倉には相当怒られそうだが、いまさら取り繕っても仕方ないのだ。仮にアツキが口外したら、そのときは二人して笑い飛ばすしかないだろう。

「キミの態度」

「俺の……」

「うん、態度っていうか、目つき？　だってすげー目で俺のこと見たしさ。でも正直、そんときは真柴くんの片思いかも……って思ってたんだよな。けど千倉くん彼氏持ちって確信したから、じゃあもう真柴くんしかねぇな、って」

「……そうですか」

「独占欲強そうだよなぁ、真柴くんてさ。いろいろ興味あんだよね。普段はどんな感じなのかなーとか、どんなエッチするのかなーとか」

「一応仕事中ですので、そういう話でしたら、失礼させていただきます」

伝票をつかみながら腰を浮かしかけると、「まぁまぁ」とよくわからないことを言いつつアツキは引き留めてきた。

従ういわれはなかったが、「千倉のことで言いたいことがある」と言われてしまい、伝票から手を離した。

「俺さ、高校までサッカーやってたんだよな」

「千倉さんの話じゃないんですか」

「とりあえず聞いてよ。でね、いまでも好きなわけよ、サッカー。だから真柴くんには、昔は超期待してたんだよね」

「……それはすみませんね、期待外れで」

「うん、正直そうだった。だからなんか、気にくわなかったんだよ。〈D・アシリス〉の内部向けカタログ見たときは、ボーゼンとしたもん。なにやってんの、コイツ……って、実は結構腹立った。しかも仮モデルってなに！　みたいな」

本当に正直な感想だ。いまさら傷つくことではないし、そういうものだろうなと納得しているが、やはり苦笑はこぼれた。

「けど聞いたら、モデルじゃなくてアシリスの社員だっていうじゃん？　スポーツ関係なら、納得ーって思ったら、関係ないとこにいるしさぁ。しかも前からイケメンくんだったのに、ますますなってるし、俺ら本職の立場なくね？　つか、俺より真柴圭太《けいた》のがよかったとかいう声とかあって、ムカつくんだけど」

知るかよ、と心のなかで毒づき、真柴は溜め息をついた。確かにそういう声は一部にまだあるようだ。真柴も同僚から聞いて知っていたし、モデル選考に入る段階で、真柴でいいんじゃないかという意見も出た。

だがいまさらだし、真柴自身にやる気がないものを、どうこう言われても困ってしまう。

「俺への不満はわかりました。それで、千倉さんはどこで出てくるんですか」

「ほんとにせっかちクンね。まぁ、そんでさ、いまは真柴くんの過去とかどうでもいいわけよ。真柴くんは俺にとってアシリスの社員だし。あと、千倉くんを挟んで恋愛的な感じのなにか」

「それ本気なんですか？　本気で千倉さんのこと……」

「マジだよ」

急に真顔になって、声の調子も真剣なものに変わった。だが一瞬のことで、すぐにアツキの顔には、いつもの笑みが戻った。

「俺さ、こんなだから冗談とか軽い気持ちとか思われてたんだろうけど、俺なりにマジだからね。本気で千倉くんのこと欲しいと思ってるよ」

「………」

「ライバル認定してもらえた？」

「悪いけど、俺と同じ立ち位置とか思わないでください。せいぜい間男認定ですから」

「えー、ひでー。あ、でもさ、これだけは言っとくね。別に真柴くんから取ろうとかいうんじゃねぇから」

「……は？」

「俺ってさ、彼氏とかいても気にしねぇの。ドロドロしたの嫌いだから。恋愛は楽しく、がモットー」

「だったら……」

「けど仲間には入りたいわけさ」

「仲間……？」

虚をつかれ、真柴はまじまじとアツキを見つめた。

「千倉くんって、彼氏が二人とか無理なタイプ？」

意味を理解して目の前が真っ赤になった。だが一瞬で鎮め、なんとか表面上は冷静さを取り戻した。

「無理に決まってんだろ」

「真柴くんにはそうだろうけどさ、千倉くんの考えっつーか、ポリシーも重要じゃん」

「だから千倉さんだって同じこと言いますよ」

抑えようと思っても自然と声が尖《とが》り、目つきも悪くなっていくのがわかった。アツキの言うことはありえなすぎた。

この男は一体どんな恋愛観を持っているのだろうか。奪って自分のものにしたいというならば大いに納得できる。自然なことだからだ。普通はそうするか、諦めるか、のどちらかではないだろうか。

「けどさ、世界広がるよ？　二人じゃできないこともできるよ？　主にエッチ方面の話だけどね」

「黙れ」

「あ、素が出た。いいじゃん、そっちで。俺も話しやすいしさ。つーか、あの真柴圭太とダチになったみたいで楽しー」

「あんたさっきと言ってること矛盾してるぞ」

「まぁいいじゃん、細かいことはどうだって。だってさー、やっぱ記憶にはしっかりあるわけよ、真柴圭太のプレーとかさ。超好きだったもん」

にこにこ笑うアツキを目《ま》の当たりにし、毒気を削《そ》がれた。どうやら本心らしい。いろいろ突っかかるようなことを言いつつも、刺々《とげとげ》しさを感じなかったのは、根本的なところに真柴への好意があったからのようだ。

「だからさ、できれば三人仲よくやりたいわけよ。超好みの子とー、超好きだった選手とー、なんて最高じゃん」

「いや……ちょっとそれは理解できないんで」

「真柴くんはさ、スマートワイルド系目指しなよ。一番その線があうよ。でさ、二人でお姫さまのように千倉くんに愛と欲望を捧げようよ。あ、ちなみに真柴くんは騎士で俺は王子さまね。うーんでも千倉くんって西洋の姫って感じじゃないね」

さりげなく真柴を格下にしたのは故意なのか、彼が抱《いだ》くイメージを口にしただけなのか。いずれにしても、一対一で話してみれば、アツキは思っていたようないやな男ではなかった。もちろんいろいろと問題はあるが、前ほど毛嫌いできない自分がいるのは確かだ。

これはこれでよくない傾向だ。情が湧《わ》いてしまったら、どうしたって真柴は脇が甘くなる。千倉だってアツキとゆっくり話したら、親しみを覚えてしまうかもしれない。

カールソンに対し、どこか警戒が緩くなっているように――。

真柴の思索は、不意の電話に中断させられた。震える電話をちらりと見ると、千倉の名が表示されていた。

「ちょっと失礼します」

目の前で話したくなくて、真柴は店の出口のほうへ移った。

急いで移動して通話ボタンを押すと、期待していた声がこぼれてきた。

『ごめん、いま大丈夫？』

「はい。どうしたんですか？」

『そっちの用事、終わった？』

「終わりましたよ。いまから帰るところです」

話の途中ではあったが、チケットの受け渡しはすんでいる。だから用事としてはもう終わっているのだ。

『申しわけないんだけど、いまから言う場所に迎えに来てくれないか？　今日は直帰だったよね』

「え……？」

とっさに言葉が出てこなかった。千倉がこんなことを言いだすなんて意外すぎて、喜んでいいのか心配していいのかわからない。

固まっているうちに、千倉は続けた。

『実は、その……足を捻《ひね》っちゃって、いま治療してもらったところなんだ』

「ちょっ……それ、大丈夫なんですか？」

『うん。ごく軽い捻挫《ねんざ》みたいだよ。カールソンさんは医者だし、そっち専門だし、ケガ自体は問題ないんだけど……』

「けど？」

『一人じゃ帰さない、って言われて……だから』

「すぐ行きます！　どこにいるんですか……！」

電話を握る手に自然と力がこもった。電話の向こうは静かで、人の話し声などはいっさい聞こえない。屋外ではありえないし、カールソンが手当したというならば、そこらの病院というわけではないだろう。

考えられるのはアシリスの店舗か、ホテルだ。できれば前者であって欲しい真柴に、千倉は希望通りの答えをくれた。

『いまは、丸の内のアシリス』

「わかりました。二十分で着くようにしますから、待っててください。絶対にホテルへ行っちゃだめですよ？」

『わかってる』

電話を切って席に戻ると、アツキはじいっと探るように真柴を見つめた。どうやら電話をしているあいだ、こちらを見ていたようだ。

「誰？　千倉くん？」

「緊急の呼びだしです。ちょっとアクシデントが発生して」

問いかけに肯定も否定も返さず、かつ嘘もついていない完璧な答えだ。真柴はひそかに自画自賛した。

「そういうわけなので、失礼します」

「どーもね。千倉くんによろしく。さっきの話、前向きに考えといてー」

すべて無視することにして、真柴は支払いをすませると駅へ向かった。この時間と場所ならば、タクシーを拾うより地下鉄のほうが遥《はる》かに速い。

電車に乗っているとき以外はすべて走り、真柴は見事二十分以内に丸の内のアシリスに飛びこんだ。商業ビルの一階にある店舗には、スポーツ用品だけでなく真柴たちが手がけた商品のコーナーもあり、さっきまで会っていた男のポスターも貼られている。

見渡す限り、店内に千倉の姿はなかった。さすがに売り場にはいないだろうと、近くにいた店員をつかまえた。

「すみません、アシリス本社の……」

「真柴さんですよね。こちらへどうぞ」

にっこりと女性店員に笑顔を見せられ、奥へと案内された。スタッフオンリーと書かれたドアを開けると、なかには千倉と、予想していた人物が待っていた。

その部屋は休憩室らしく、四人がけのテーブルと椅子、テレビとモニター、そしてロッカーが置いてあった。

すぐにでも千倉に声をかけたかった真柴だが、ここへ来るまでのあいだに多少は冷静になっていたので、とりあえずカールソンに向かって頭を下げた。間近で見る問題の男は、やはりかなり迫力のある美形だった。彼は千倉の隣に座っており、当たり前のように身体ごと千倉に向けていた。

二人ともすでにランニングウェアではない。ここを拠点にして走ったわけだから、それも当然だろう。

「ごめん、わざわざ来てもらって……」

「大丈夫なんですか？」

迎えを頼むくらい、あるいはカールソンが一人では帰さないというほど、捻挫はひどいのだろうか。視線は包帯を巻かれた足もとに落ちた。どうやらその下は湿布とテーピングがされているようだ。

「そんな大したことないんだよ。たいして腫《は》れてないし」

「過信はいけないよ」

カールソンの手が千倉の肩にかかるのを見て、真柴はあやうく眉をつり上げそうになってしまった。

馴《な》れ馴《な》れしい。スキンシップが激しいとは聞いているが、こうして見せられると不愉快きわまりなかった。

「ところで、紹介してくれないかな」

「あ……はい。デイリーアパレル課の、真柴圭太です。ちょうど別件がすんだそうなので、来てもらったんです」

「ずいぶんハンサムな子だね。モデルも顔負けだ」

薄く笑う顔が、やけに真柴をささくれだった気分にさせてくれた。その視線のなかに、探るような気配が見え隠れしていたせいかもしれない。

強《こわ》ばりそうになる顔をなんとかごまかして、真柴はカールソンに向かって頭を下げた。

「せっかく来てくれたんだし、一緒に食事でもどうかな」

真柴に向けられた言葉だったが、思わず千倉の顔を見てしまった。これは即座に断っていいものかと、確かめたかった。

「それは僕も入っているんですか？」

「当然でしょう」

「だったら、お断りさせていただきます。今日は早く家でゆっくりしたいので」

「仕方ない。また今度ね。君ともじっくり話してみたいな」

「……光栄です」

意味ありげな笑みに、落ち着かない気分にさせられる。千倉とは違う意味で興味を抱かれたのは確かなようだ。

(気づかれたのか……)

思いついた考えに間違いはないように思えた。ボロが出るような真似をしたつもりはないが、傍《はた》から見たら一目瞭然だったのかもしれない。

「ところで、家まで送るの？」

「そのつもりです」

「そうか。本当は、わたしの泊まっているホテルに連れていこうと思っていたんだけどね。なにかと便利だろうし。でも、拒否されてしまったよ」

「……そうですか」

意味ありげなカールソンの視線に、真柴は極力反応すまいと心がけた。どうにも試されているような気がしてならなかった。

張りつめた空気を断ち切るように、千倉はふっと息をついた。

「では、迎えも来たので失礼させていただきます。ご迷惑をおかけしました」

「とんでもない。もとはと言えば、わたしがつきあわせたせいだからね」

千倉を支えようと、真柴はとっさに近づいていく。だがそれよりも早く、カールソンが抱きかかえるようにして千倉に触れた。

ぴくりと真柴は眉を上げ、伸ばしかけていた手を止めた。

「ふぅん……千倉くんは、年下が好みだったの？」

「いきなりなんの話ですか」

「若さ以外なら彼に負けない自信はあるんだけどね」

「無意味な比較ですね」

千倉の表情はまったくと言っていいほど変わらなかった。こんなやりとりは日常茶飯事なのかもしれない。

胸の内がチリチリと焦げるようだった。

思っていたよりもずっと彼らは親しそうだ。カールソンが千倉に好意を抱き、いろいろと甘くなっていることは明らかだし、千倉のほうも無遠慮なもの言いをする程度には心を許している。

言いようのない悔しさを覚えた。少し前まで、千倉の隣は真柴の定位置だった。プライベートではいまでもそうだが、社内でも当然のことと捉えられていた。

あの手から千倉を奪い返したい。ここで千倉が恋人だと認めてくれたら、すぐにでも真柴はそうするのに。

「あまり足をかばいすぎると、別のところへ出るからね」

「はい」

カールソンに支えられている状態だと、千倉の細さがさらに際立って見えた。華奢《きゃしゃ》といってもいいくらいだ。

もし押さえこまれたら、逃げだすのは難しいだろう。千倉が本気になっても無理だろうと思うほど、体格差は大きかった。

無理強《じ》いをする男ではないとは聞かされている。だがあくまで千倉の見解だ。安心できるほど真柴はカールソンのことを知らない。

当然の権利のようにカールソンは千倉を支えたまま歩き、休憩室を出た。タクシーに乗るまでそうしているつもりなのだろうか。

真柴は千倉の荷物を手に、あとに続いた。

タクシーに乗りこむまで真柴の手は必要とされなかった。

ようやく千倉が真柴の隣に戻ってきたが、甘い顔をして千倉を見る男のせいで、気分は最悪だった。

「じゃあ、あとは頼むよ」

「……はい」

当たり前だ、と思う。千倉のことをカールソンに頼まれる覚えはない。

「またね、千倉くん。真柴くんも」

それぞれに会釈を返し、まもなくタクシーは走りだした。真柴は前を向いていたが、千倉は一回だけ後ろを振り返った。

「……呆れてる?」

「いえ」

「でも怒ってるだろ」

「千倉さんに怒ってるわけじゃないですよ。ちょっと……不愉快な気分味わいましたけどね」

「うん……ごめん」

珍しく、と言っては失礼だが、滅多に見ないほど今日の千倉はしおらしい。だが真柴のささくれた気分は収まらなかった。

「それ、なにに対して謝ってます？」

いつになくきつい言い方になっているのは自覚している。声が尖っているのがはっきりとわかるのに、止められなかった。

千倉を責めたいわけじゃない。だがどうして、と問いただしたい気持ちがあることも事実だった。

「いきなり呼びだしたし……カールソンさんに会わせたし」

「呼びだしは全然かまわないですよ。むしろあのままあの男に連れていかれたり、送られて帰ってきたりするほうがいやだし。あと、会うのも別にいいです。遠くから見るんじゃなくて、一度ちゃんと挨拶くらいしときたかったんで」

千倉は少し意外そうだった。自分にあからさまなアプローチを続ける男と恋人を対面させることに、彼は抵抗があったのだろう。それが普通の感覚だ。もちろん真柴だって、会って嬉しいとは思わない。ただ知っておきたいという気持ちが強いだけで。

「ほかのやつ、呼ぼうとは思わなかったんでしょ」

「思わなかったよ」

「うん。俺以外を呼んだら、怒ってました」

ぽつりぽつりと言葉を吐く真柴を、千倉は頷きながら聞いていた。車中だから、どうしても声は小さめになる。さっきからの会話は、互いの耳にしか届いていないはずだが、これ以上話すのはやめた。

これ以上突っこんだ話をしたら感情的になってしまいそうだった。

家に着くまで、どちらも口は開かなかった。タクシーを降り、千倉に肩を貸しながら歩き、ベッドに座らせた。ミルクは好奇心たっぷりに千倉の足に近づいていったが、湿布の匂いがいやだったのか、すぐに離れていった。

「真柴。さっきの続きなんだけど、不愉快な気分、って……原因はカールソンさん？ それとも僕？」

自ら蒸し返すところをみると、相当気になっているようだ。彼なりに焦《あせ》ってくれているのかと思うと、少し気持ちも浮上した。

歪《ゆが》んでいる自覚はあるが、千倉が自分のことで感情を動かしてくれるのは心地いいことなのだ。

「あの男もですけど、千倉さんもです」

「……そっか。なにがだめだった？」

「だめ、っていうか……どうして、俺が恋人だって認めないのかなと思って。あの人、わかってましたよ。気づいてたでしょ？」

「それは、まぁ……」

「なんで？ 言質《げんち》取ったら、脅《おど》してなにかするような男なんですか？ 千倉さん、そんな男とあんな仲よくしてるの？」

「真柴……」

　ますます語調のきつくなった真柴を、千倉は驚いたような顔で見つめている。それくらい意外だったようだ。

「千倉さんって、甘いですよね」

「え？」

「結局、すごく甘いんです。自覚ないかもしれないけど」

　千倉は好意を寄せられると、相手を無下にはできなくなる。人として当たり前のことだし、真柴もそれで押しきってものにしたわけだから、そんな千倉を責めるわけにはいかない。だが不安は尽きなかった。

　同じように、カールソンを受けいれてしまったら――。

「俺から見ても、相当の男前ですよね。大人で、社会的な地位も金もあって、性格だって悪くないみたいだし」

「なにが、言いたいの」

「そんな男にずっと言い寄られたら、気持ちが動いたって不思議じゃないですよね」

　傾くまではいかなくても、少し揺れるくらいはするんじゃないだろうか。

　千倉のなかにあるカールソンへの好意が、恋愛感情とは別ものなのはわかっている。だがそこにつけこまれたら、彼は果たしてどう抗《あらが》うつもりなのだろう。

「それ……僕を信用してないってこと？」

ここへ来て千倉の様子が変わった。さっきより表情が強ばり、真柴を見る目もいくらかきつくなっている。

怒らせた。だが謝ろうとも、自分の発言を撤回しようとも思わなかった。

「俺のときみたいに、うっかり絆されちゃうかもしれないでしょ。千倉さん、あの男のこと結構好きみたいじゃん」

「変な意味じゃない」

「でも、友達とは違いますよね。もう仕事の関係者って感じでもないみたいだし」

曖昧《あいまい》なポジションだから、ひどく気になった。名前の付けづらいその位置が、いつどんなふうに変化するのかを考えると不安でたまらなくなって、息苦しさすら覚える。

千倉が悪いなんて思っていない。だが原因が千倉であることは確かなのだ。

ふいに視線が外され、千倉の口から溜め息がこぼれた。やるせなさと、少しの苛立《いらだ》ちと失望がまじったような、そんな響きに思えた。

「僕が真柴のこと、恋人だって紹介したら気がすむのか？」

「……わかりません」

変わるような気もするし、変わらないような気もする。そもそもなにが根本的な問題なのか、すでに真柴にもよくわからないのだ。

少しずつ降り積もった小さな不安や不満は、真柴自身も気づかないうちに繋がって塊になって、制御不能なほど膨《ふく》らんでしまっていた。どうやったらそれを壊せるのか、溶かせるのか、方法はまったくわからなかった。

「いまの真柴って、なにを言っても聞いてくれない気がするよ」

せつなげな溜め息に、真柴もなにを言ったらいいのかわからなくなる。

ひどく息苦しい。まるで首に緩やかに巻きついていたものが、徐々に締まっていくようだった。

このままでは千倉を傷つけてしまうかもしれない。

いやな予感が拭《ぬぐ》えず、真柴は顔をしかめた。ただの予感が確信に変わる日も、そう遠くないとわかっていた。

最近、真柴が怖い。

怖いといっても、怒鳴るわけでもないし暴力的になったわけでもない。いつものように気を使ってくれるし優しいし、冗談めかしてくだらないことも言って屈託なく笑う。好きだ、愛してる、と言葉を惜しまないのも同じだ。そして毎日会社で顔をあわせ、一緒に帰ってミルクとじゃれて、ときどき自宅へ戻る。

でも確実に違うことがいくつかあった。まず同棲の話をいっさいしなくなったし、カールソンのことも自分から口にすることがなくなった。

そして千倉を抱かなくなった。

(捻挫したあたりから……だな)

最初はケガを気遣ってのことだと思っていた。だが湿布やテーピングが取れて、痛みもほとんどなくなったというのに、真柴は千倉に触れようとしない。

すねているという感じではなかった。意図的に避けているのは確かなようで、何度か触れかけては、我に返ってやめるようなことがあった。

飽きたわけでも、抱きたくないわけでもなさそうだ。彼なりの考えがあるか、なにかためらわせるようなことがあるのだろう。

ほかの社員と資料を見ながら話す真柴は、本当に以前と変わらない彼だ。異変に気づいている者など、たぶんいない。

「千倉、ベアフラってどんなん？　っていうか、なんの略？」

「あ……ああ、ベアフライス。伸縮性の素材で……」

寄ってきた同僚の質問に答え、相手が立ち去っていくときに、ふと視線を感じてその方向に目をやった。

真柴と目があい、千倉は小さく息を呑む。

（また……）

なによりも一番気になっていること。それはふとした折に、不安を感じるほど真柴が暗い目を見せるようになったことだ。

それはいつも一瞬だった。場所は自宅だったり会社だったりするが、いまのように視線を感じて真柴を見たりしたとき、ひどく思いつめたような目をしていることがある。暗いというのは少し違うかもしれないが、彼らしくない、ひどく濁った印象の目であることは確かだった。

目があうと、いつも通りの真柴に戻るから、最初は気のせいかと思ったが、続けばそうも言っていられない。

（僕のせいなのか……）

このままではいけないと思うのに、どうしたらいいのかわからない。なにも心配することはないと言っても真柴は納得できないし、そもそも深い話になってしまったら、また雰囲気が悪くなりそうで怖かった。

　表面上、なにごともなかったように過ごしながら、たぶんお互いに神経を使って相手の顔色を窺っているのだ。いやなことに触れないようにして、いままでと同じ関係を演じるようにして。

　好きだと気持ちを口にしても、いまの真柴はまともに受け取ってくれない気がする。真柴の機嫌をとるため、あるいはごまかすため、そんなふうにしか思ってもらえないのではないだろうか。

「あー……誰か飲みに行こー」

　終業時間になると、どこからかそんな声が上がった。よくある光景だが、今日は一部から失笑がもれた。

「なに言ってんですか。クリスマスですよ？　今日なんかデートがあるに決まってるじゃないですかー」

「決まってるとか、ムカツク。だいたいクリスマスはしあさってだよ。今日はイブですらねーよ」

「いやいや、事実上のイブですよ」

「意味わからん。おかしいだろ、それ」

　あちこちで笑いが起きるなか、千倉は黙々と帰り支度をしていた。隣では真柴が談笑しながら支度をしている。

明日から三連休なのだ。この年末に連休か……とは思うが、会社は暦《こよみ》通りに動くことになっているのだから仕方ない。

「真柴はどーすんの、彼女いんだろ？」

「もちろんデート入れてますよ」

「あ、やっぱそうなんだ。いいなぁ、チクショー」

とりあえず真柴は「彼女」がいると宣言している。本人の口からは「恋人」以外の言葉が使われたことはないが、差しさわりのないことはいろいろと教えているようだ。そうやって与えた情報により、職場では共通の認識がなされていた。真柴の「彼女」はどこかのご令嬢で、美人で清楚で少し年上。正確な年齢と職業を伏せていることから、実は芸能人ではないかと囁《ささや》かれていた。仲がいいと目《もく》されている千倉も何度か探りを入れられたが、知らないと返している。

「千倉くんは？」

「僕は父方の実家なんです」

曖昧に笑えば、それ以上の追及はされない。もちろん方便であり、親戚関係の用事などなかった。ただカールソンに同じことを言い、実家にも口裏をあわせてもらっているので、職場でも使っただけだ。

「あら、それじゃつまんないね」

「ええ、まぁ仕方ないです」

適当に話をあわせ、それから間もなく会社を出た。毎日のように一緒に帰っているが、会社を出るときは別々であることも多い。そこまでしなくても、と真柴は言うが、ある程度のカモフラージュは必要なはずだ。

千倉は同僚と駅へ向かい、ホームで電車を待った。真柴のことは、降りた駅で待つつもりだった。

メールの着信に気づいて携帯電話を開くと、真柴から一駅先——つまり真柴の自宅の最寄り駅で待っていてくれとメッセージが入っていた。

(真柴の家に行くのか……？　それとも、どこか……)

急な変更に疑問を覚えながらも、了承の返事を送り、いつもより一つ先で降りた。改札で待っていると、次の電車で真柴がやってきた。

「すみません」

「電車一本だけだよ。よく逃げて来られたね」

くすりと笑うと、真柴は苦笑いした。彼がつかまっていた相手は話し好きで、なにかと真柴に合コンのセッティングを求めてくる。どうも頭から、真柴には女性の知りあいが多いと思いこんでいるようだ。いくどとなく彼女の友達を集めてくれとせがまれているのを見たことがあった。

「まぁ、そのへんは恋人を待たせてるって言って。嘘じゃないし」

「僕は嘘ついたけどね。それで……なんで、こっち？」

「実は準備してたんです」

「そうなんだ」

「さすがに飾り付けとかはしてないですけどね」

「あ……でも僕のプレゼントは家だよ？」

まさか真柴の家だとは思わなかったから、プレゼントはクローゼットのなかだ。すまなそうに言えば、あとでいいです、と真柴は笑った。

真柴の家に行くのは久しぶりだ。数えるほどしか行ったことはなく、泊まったことも二度ほどしかない。それくらいいつも真柴は千倉のところへ来ていたのだ。

ゆっくりと駅まで歩くあいだに、少しずつ身体が冷えていく。

冷たい風が首を撫《な》でて、ぶるりと震えると、隣を歩く真柴がバッグからラッピングされたものを取りだし、しゅるりとリボンを解《ほど》いて、中身を千倉の首に軽く巻きつけた。

「よかった。やっぱ、その色いいですね。絶対似合うと思ったんだ。千倉さんって、そういうイメージだよね」

肌触りからしてカシミアで、色はオフホワイトだ。自分だったら絶対に選ばないだろう色だった。プライスカードはおろか、タグすら店で取ってもらったらしい。

「これ……」

「クリスマスプレゼントです。千倉さん、寒がりのくせにマフラーも手袋もしないし。家に着いてからって思ってたんですけど、使いどきはいまかなーと」

真柴は屈託なく笑い、もう一つあるらしいプレゼント——手袋を少しだけ見せてバッグにしまってしまった。

それもいまが使いどきではないのか、と思っていると、冷たい手を大きな真柴の手が握ってきた。

「ちょっ……」

「もう着くし、いいでしょ」

確かにマンションは目と鼻の先だ。けれども夜も浅い時間だけに、いくら裏通りだからといって人通りがないわけではない。

手を引っこめようとしたが許されず、痛いくらいに握りしめられてしまう。

すれ違う人にちらちらと見られ、思わず下を向いた。自然と足も速まり、逃げるようにしてマンションに飛びこんだ。

抗議の目を向けるが、真柴は上機嫌だ。嬉しそうというよりも、妙に晴れやかで楽しそうだった。

「放せ、真柴」

「いやです」

「おまえ、自分が目立つのわかってるだろ？」

しかも一部の人間にとっては知られた顔だ。誰もが覚えているわけではないが、熱心なサッカーファンからは、いまだに覚えられているはずなのだ。

「関係ないですよ、そんなの」

「そんなの、って……」

真柴は千倉の手を離さないまま郵便受けを覗《のぞ》き、エレベーターに乗りこんだ。

空間の狭さに、千倉は息苦しさを覚えた。自分の住まいは低層階だから使うことは滅多にないし、会社も箱自体が大きいからさほどでもない。だがここのエレベーターは六人乗りと狭かった。

相変わらず狭いところは苦手だし、高いところもだめだ。猫は克服できても、それ以外の苦手はほとんど克服できていないのだった。

顔をしかめる千倉に気づき、真柴は労《いわた》るように千倉を抱きしめた。

「ごめんね、千倉さん」

耳もとで囁く声にびくりとする。故意なのかたまたまなのか、息が耳朶《じだ》にあやしく触れ、へんな反応になってしまった。

するとくすりと笑う声がした。

「感じちゃった？　最近、してなかったもんね」

「馬鹿っ……」

まだ公共スペースだというのに、どうしてこんな真似をするのだろうか。いままでも千倉よりは慎重さに欠けていたが、外でこんな真似はしなかった。まるで開き直ったかのような態度だった。

真柴は千倉の腰を抱いたままエレベーターを降り、部屋へと向かう。ほかの住人に目撃される可能性など考えてもいないように見えた。

幸いにして、ほかの部屋から人が出てくることもなく、彼らは冷えた部屋のなかに入ることができた。

施錠の音がやけに大きく響いて聞こえたのは気のせいだろうか。

真柴は最初に暖房を入れ、風呂に湯を張った。

この部屋に来るのは本当に久しぶりで、室内の様子も忘れてしまうくらいだった。広さは千倉のところとそう変わらないだろう。キッチンは狭く、その分バスルームが広く作られていた。

コートを預け、ぼんやり床に座っていると、フリースの上下を渡された。

「着替え。よかったら、風呂使ってください。足とか冷たいでしょ」

触れてもいないはずだが、まったくその通りだったから、千倉はバスルームを借りることにした。

バスルームに入って一人になると、我知らず細い息をもらしていた。

(緊張してたのか……)

自覚もないままに千倉は身を固くしていたようだ。初めて来たというならまだしも、そうではない恋人の部屋に、なにを緊張することがあるというのか。

鏡に映った自分の顔は、ひどく青ざめて見えた。とても恋人とのクリスマスを楽しもうとしているものではなかった。

普段より長いくらいに風呂を使い、借りた着替えに身を包んで出ていくと、じっと見つめる真柴と目があった。

「……お先に」

「暖まりました?」

言いながら足に触れられ、びくりと身が竦《すく》んだ。

思いがけない反応に驚いたのは真柴だけではない。千倉自身が過剰とも言える自分に驚いてしまった。

傷ついた顔をされると思った。あるいは苦笑まじりに、溜め息でもつかれるかと。

だが真柴はなにもなかったような表情で、千倉を隣に座らせた。低いテーブルの上には、用意してあったらしいオードブルやチキン、シャンパンが並べられている。ケーキもあるが、とりあえずといった感じだ。一番小さいだろうホールケーキを見て、こんな小さいものがあるのかと感心してしまう。

まともに真柴の顔を見られず、千倉は手もとに目を落としていた。なにを言ったらいいのかわからなかった。

もたれているベッドの上には、さっきもらったばかりのマフラーが無造作に置いてあった。間が保《も》たない千倉は、それを手にとって畳み、もとの場所に戻した。

「ねぇ。千倉さん」

すっと頬《ほお》に手が伸ばされ、真柴のほうを向かされる。

「……なに？」

「俺のこと、怖いの……？」

「え……」

思いがけない言葉は、すとんと千倉のなかに落ちてきた。

そうだ。ただの緊張ではなく、怖がっていたのだといまわかった。

「気づいてないと思ってた？　ちゃんとわかってたよ。千倉さん、なんかちょっと前から、俺に怯《おび》えてるよね？」

わずかに笑みを浮かべられ、震えが走った。

ざわりと肌を撫で上げられたような感覚だった。気持ちが悪いような、逆にたまらない快感のような。

真柴の目が怖い。一瞬しか見せてこなかった暗い影が、いまは隠されることなくまっすぐ千倉に向けられていた。

「俺、千倉さん怖がらせるようなこと言ってないですよね？」

「……言って、ないよ。でも、なにか思いつめてる感じで……」

「あぁ……やっぱ、そっちか……。まぁ、結構ね、思いつめちゃってますからね。いろいろ思考がヤバいんですよ。たぶん、もう止まんないし」

真柴はうっすらと笑みを浮かべながら顔を近づけ、千倉の唇をなぞるようにゆっくりと舐《な》めてから舌先を入れてきた。

後ろにあるベッドに後頭部を押しつけられ、上から覆い被さるようにして深く舌を絡《から》められた。

歯列の根もとを舐められ、頬の粘膜や口蓋《こうがい》まで舌先でいじられて、キスというよりは口のなかを嬲《なぶ》られるようだった。

まじりあった唾液が飲み下せずに落ちていく。

貪《むさぼ》るようにキスされて、千倉はひどく戸惑っていた。いつもの真柴でないことが不安でたまらなかった。

頭がぼうっとして、力が入らない。

いきなり身体が掬《すく》いあげられ、ベッドに乗せられた。着たばかりの服がたちまち剝ぎ取られていく。

身体に残っている痕《あと》は一つもない。真柴の恋人になってから、キスマークが消えたのは初めてだった。

「ごめん。もう限界」

「なん……で……」

「ん？」

「ずっと俺と寝ないように、してただろ……？」

問いかけに答えは返ってこなかった。代わりに真柴は千倉の首に顔を埋《うず》め、舌先で肩から胸まで辿《たど》り、薄く色づいた部分に吸いついた。

「待っ……」

うやむやにされるのがいやで、なによりこのまま真柴に抱かれるのが少し怖くて、千倉は真柴の肩を押し戻そうとした。

おそらくそれがいけなかったのだ。

千倉に抵抗された——。真柴はそう受け取ってしまったらしい。

「いやなの？」

「ちがっ……」

否定は受け取ってもらえなかった。真柴は勝手に、千倉が抱かれるのをいやがっているのだと思ってしまった。

「なに、す……」

押さえつけられた腕に、思わず力が入る。抵抗しようと思ってそうしたわけじゃなく、なかば反射的なものだった。

だがそれを感じた途端に、押さえつける力はいっそう強くなった。

ふわりと手首に絡みついたものが、次の瞬間にはきつく圧迫してくる。オフホワイトのそれが千倉の自由を奪い、頭上の格子に括《くく》りつけられた。

「やめろっ……これ、ほどけ！」

「だめですよ。あーあ、こんなことするために選んだんじゃないんだけどな。でも、仕方ないですよね。だって、取ったら逃げちゃうし」

「逃げな……っ、やっ……」

強引に膝《ひざ》を割られ、脚を大きく開かされた。閉じられないように身体を入れて、真柴は熱に浮かされた目で千倉を見た。

「すげーエロい。なんか、千倉さんって被虐的なのが似合いますよね。ヤバい……泣かしたくなる」

「んっ、ぅ」

爪先で潰《つぶ》すようにして乳首をいじられ、びくびくと身体が震える。同時に反対側も口に含まれ、歯を立てられたり舌先で転がされたりした。

ビリビリとした快感が芯から広がっていき、たちどころに息が乱れていく。

乱暴ではないが、優しいとも思わなかった。いつもあるはずの甘さがどこを探してもない。余裕を感じないのは初めて肌をあわせた頃と同じなのに、いまは急《せ》いた感じではなく焦りが強かった。

ときおり思いだしたように手が脚のあいだに入ったり、腰や脇腹を撫でたりして、そのたびに小さく身体が跳ねあがった。

「あっ、ぁ……んっ」

感覚がいつもより鋭敏な気がして仕方ない。

拘束されて自由を奪われることに、本能的な部分で恐怖を感じてもいるし、いまの真柴に対する怯えもある。だがそう思いながらも、真柴が自分を傷つけるはずはないと、当たり前のように思っている自分もいた。

ひどくバランスの悪い心理状態のまま、弱いところばかりを責められて、心より先に身体が快楽に屈服していく。

気持ちがいいのに、そこに身を任せることはできなかった。それがつらかった。

自分でもよくわからないうちに視界がぼやける。だがそれはこぼれ落ちていく前に、真柴の指に優しく拭われた。

「ごめん」

「真、柴……」

「これから、もっと泣かすから。今日は……いろいろ、無理」

「手……ほどいてっ」

「だめ。千倉さんは縛られたまま、俺に犯されちゃうんだよ。自分ではどうにもできなくて、いやらしいことといっぱいされちゃって、それでも感じちゃうんだ」

「あっ、や……ん」

脚のあいだに顔を埋められて、千倉は軽くのけぞった。

絡みつく舌に、たまらず甘い声がもれる。指と口とでそこを嬲られ、ひどく感じているのに、普段よりもずっといくのは遅かった。

高まったまま、真柴の愛撫は最奥に移っていく。

深く身体を折られ、すべてをさらす恥ずかしい格好にさせられた。ゆっくりと見せつけるようにして、真柴が舌を寄せた。

「ぅ、んっ……」

ぴちゃりと舌が鳴り、鼻にかかった声がこぼれた。

手にこぼれた。

繊細な動きで濡《ぬ》れた舌先が蠢《うごめ》くたびに、ざわざわと肌が粟立《あわだ》ち、すすり泣くような声が勝手にこぼれた。

他人に見られるはずもない場所を舐められている。

初めてのことではない。この半年ほど、数えきれないほどそうされてきた。だからといって、気持ちが慣れきってしまうというわけではなかった。

ましてや縛られたままこんなことをされるのは、本当に一方的に嬲られているみたいで、自分がどうしようもなくか弱い存在のように思えてくる。

「ひぁ……っう、ん……んっ」

舌先が少し入りこんで、なかを舐めた。

唾液が送りこまれて、ぞくぞくと甘い痺《しび》れが走る。

抜き差しが何度か繰り返されると、溶けるんじゃないかと思うほど気持ちよくて、千倉は泣きながらそこをひくつかせた。

「ねぇ」

「つぁ、ん」

息が触れて、びくんと腰が跳ねた。それを見て真柴はかすかに笑ったようだった。

「して欲しいことあったら、言って？　千倉さんて、ここ舐められるの好きだけど、奥いじられるの、もっと好きですよね？」

長い腕が伸ばされて、ケーキの生クリームをすくう。白くなった指先が、千倉の最奥を軽く撫でた。

くすりと笑い、真柴はたっぷりクリームのついたそこに舌を這わせる。

がくがくと腿《もも》の内側が震えた。深い部分が疼《うず》いてたまらなくなる。もっと奥まで、触れて欲しくなった。

「ん、ぁ……な、か……触っ……て……」

「こんなふうに？」

「あぁっ……」

覚悟していたより焦《じ》らされることなく、指がなかまで入ってきた。残っていたクリームのすべりで、ぐちゅぐちゅと奥までかきまわされる。

千倉は声を上げ、増やされていく指に悶《もだ》えた。

「もっと、乱れてください……もっと、ぐちゃぐちゃに……」

「ぁう！　ああ……っ、あ！」

一番弱い部分を指でぐりぐりといじられて、千倉は泣きながらのたうった。

それまでさんざん高められていたものがあっけなく弾《はじ》け、千倉の腹に白いものをまき散らした。

その余韻に浸るひまもなく、指を動かされた。三本になった指を出し入れされ、千倉は泣き声まじりの嬌声を上げて腰を振った。

いったばかりの身体は敏感だ。ただでさえ感じやすい身体の感覚を、余計に鋭いものにしてしまう。

「だめ……っ、ぃ……やぁ……」

触られる場所がどこもかしこもよすぎてつらい。落ち着くまで待っていて欲しいのに、真柴は聞いてくれなかった。

指が引き抜かれ、代わりに真柴のものが押しあてられる。

「はっ、ぁう……」

なるべく力を抜くようにして、入ってくるそれを呑みこんだ。先が入ってしまえば、あとは大丈夫だ。

じりじりと入りこむそれの質量は、指なんかとは比べものにならない。熱くて硬くて、少しの苦痛と深い快楽を約束してくれる。

現にいまだって、苦しさよりも快感のほうが強かった。

千倉のなかが真柴でいっぱいになり、鼓動までもわかってしまう。

「ああっ……あん……!」

いつもより性急に求められ、千倉は濡れた声を上げた。深く突きあげる動きに、あとからあとから快感が押し寄せてくる。

真柴は飢えたように快楽を追い、抱かれることに慣れた千倉の身体は、余すことなく与えられた感覚を拾ってしまう。

自由にならない腕がもどかしく、そのもどかしさが千倉の感覚をおかしくさせていた。

「いつもより、感じてる……？」

とっさにかぶりを振ったが、深く考えてのことではなかった。ただ真柴の声に、どこか楽しげな響きがあったから、反抗してしまっただけだ。

「嘘つきだなぁ」

「ぁんっ、あ……やっ、あ！」

熱く爛《ただ》れたなかを容赦なくかきまわされて、千倉は半泣きになる。よくてよくて、たまらなかった。

「縛られて、いつもより感じちゃうなんて……やらしーよね」

「っ……」

「やらしくて、すげぇ可愛い……」

熱に浮かされたように呟いて、真柴はあちこちにキスをした。

それから彼は角度をつけて、穿《うが》つようにして千倉を突きあげた。

「いやっ、あ……！　んっ、やぁあ……っ！」

指でさんざんいじられた内側の部分を、突き刺さっているものの先で何度も刺激され、千倉は悲鳴じみた声を上げながら身体を跳ね上げる。

とっくに理性なんか飛んでしまった。貪るようにして犯されて、内側から千倉はぐずぐずに溶けていってしまう。

腰を打ちつけてくるスピードが速まって、千倉の声も追いつめられたものに変わっていく。

「あぁぁっ……！」

ひときわ深く突きあげられ、細い身体ががくんとのけぞった。

頭のなかは真っ白なのに、感覚だけはひどく鋭敏で、真柴のわずかな息づかいさえも感じ取れてしまう。

深い部分で真柴のものを受けとめ、千倉は薄い胸を激しく上下させた。

「んぅっ」

ずるりと引きだされていったものに、思わず声を上げる。それからすぐ千倉は俯《うつぶ》せにさせられ、腰だけを高く上げさせられた。

「待っ……て……まだ……ぁあっ」

今度は一息に貫かれた。千倉の細い腰をつかんだまま、真柴は浅く緩やかにそこを突き始める。

「もう止まんないって、言ったでしょ。こうなるのはわかってたんです。だからガマンしてたんだけど……」

もう無理だから、と囁くように告げて、彼は激しく腰を打ちつけてきた。

熱に浮かされたように千倉を呼び、愛してる好きだと繰り返して、真柴は奪うように千倉を抱いた。

掠《かす》れた声が、バスルームに響いていた。

手足にはもうまったくといっていいほど力が入らない。その両手は祈りを捧げるような形で組まれ、その上から布で巻かれて拘束されていたし、脚は真柴に抱えあげられ、いやというほど開かされていた。

真柴のもので串刺しにされたまま、執拗《しつよう》に耳を舐められる。

「っ、ふ……ぁ、あん」

耳のなかまで入りこむ舌に犯されながら、痛いほど感じる乳首をいじられてしまえば、身体は真柴が望む通りの反応をしてしまう。

きゅっと指先でつままれ、爪を立てられて、当然の反応のように真柴を締めつけた。

そういう身体にしたのはまぎれもなく真柴なのだから、その意図も自《おの》ずと知れようというものだ。

自分のなかでいって硬度を失ったはずのものが、みるみる力を取り戻していく。

「やっ、あ……また……も……いやぁ……」

狭い浴槽のなかで抱えこまれたまま、下から突きあげられて、千倉は掠れた声を頼りなく上げることしかできなかった。

おとといから何度いかされたかわからない。真柴が千倉のなかでいった回数も、いちいち覚えていなかった。

胸にある小さな突起は、いじられすぎて赤くなっているし、少し腫れてもいた。シャワーが軽く触れただけでも、びくっと大きく身体が跳ねるほど過敏になっていた。

そこだけではない。身体のあらゆるところが感じすぎるほど感じてしまう。

「気持ちいいの……?」

快感に震える身体を抱きしめて、真柴は甘くささやきかけた。

「い、い……っぁ、ん」

朦朧《もうろう》とした意識のまま、千倉は頷いた。抗う気力などとうになくした。

真柴がいくまで責められて、そのあいだに何度も千倉はいかされた。一度いくと止まらなくなるほど身体はおかしくなっていた。

「すげぇ……千倉さん、いきっぱなし」

いまだって痙攣《けいれん》が止まらないし、絶頂の余韻は抜けていかない。些細《ささい》な刺激にさえ喘《あえ》いでしまうが、その声だってもう力のないものだ。

真柴はようやく身体を離すと、長い指を千倉のなかにいれて、溜まっていたものを掻《か》きだした。

それだって千倉にとっては甘い責め苦だった。

指先一つ動かせないほどぐったりとした千倉を抱きかかえ、真柴はバスタオルで身体を拭くと、手を縛っていた布をほどいた。

自由になった手は、ぱたりと力なくマットの上に落ちた。とても持ち上げることはできなかった。

髪の水分を飛ばしてから、真柴は千倉を裸のままベッドに運んだ。自分はスエットを穿《は》いていた。

外は暗く、また夜が来たのだとぼんやりと思った。これで三度目の夜だ。休みはまだ一日残っていた。

寝かされたまま身体を投げだしていると、右手を取られてなにかを嵌《は》められる。

くすりと笑う声に、千倉は目だけを向けた。

「な……」

手首に嵌められていたのは、細いベルトのようなものだ。唖然としているあいだにもう一つつけられ、反対側も同じものが二つ嵌められる。

革製で、色は赤。一つのベルトの幅は一センチほどだろうか。それぞれに銀色の小さな鈴がついていた。これはどう見ても——。

「ペット用のです。ちょうどいいかなと思って」

「……なんの、つもり……？」

人をペット扱いするのかと、睨みつけながら問いかけた。すると真柴はにっこりと、爽やかといってもいいくらいの笑顔を見せた。

「千倉さんを、外に出られないようにしようと思って」

「まし……ば……」

「それはとりあえず、ですけどね。昼間、千倉さんが眠ってるあいだに、買ってきたんですよ。あと鎖も。一つずつだと頼りないから、二つにしてみたんです」

「やめろっ……」

力が入らない状態で千倉は必死に抵抗した。だが金具に鎖を通され、またベッドの格子に繋がれてしまう。

真柴は満足そうに笑った。

伸ばされた手が赤いままの乳首に触れる。

びくんと大きく震える身体に、掠れた悲鳴。どちらもすでに千倉の思い通りにはならないものだった。

動くたびに、鈴がちりりと鳴った。

「ああ……いいですね」

「なんで、こんな……」

「出かけるときは、後ろ手にして鎖も長めにしておきますから。あと、外せないように端っこ留めちゃわないとな。あ、そうだ。さっきミルクの様子見てきたんですけど、元気でしたよ。どうします？　連れてくる？」

問いかけながらも真柴はまた千倉に覆い被さってきた。首に顔を埋め、肌に吸いつきながら敏感な胸をいじる。

ちりちりと鈴が鳴り、ざらざらの喉《のど》から泣き声まじりの喘ぎがもれた。

壊れたみたいに涙があふれた。

それでも鈴の音が鳴りやむことはなかった。


目を覚ますと、真柴はいなかった。

枕もとにメモがあって、そこで初めて千倉は週が明けたことに気がついた。時間はもう午後三時だ。

頭がぼうっとしている。芯が重くて、働きがひどく鈍い。昨夜出た熱が、まだ少し高いのかもしれない。今朝、真柴となにか話した記憶はあるのだが、内容まではよく覚えていなかった。確か、身体の心配をされたような気もする。

真柴は出勤していったが、千倉がここから出ることは許さなかった。昨日のうちに、行かせないとは言われていたから、やはりそうなのかといまは思うだけだった。

もっとも行けと言われたところで、身体は動かなかっただろうけれども。

起きあがるのがつらい。歩くのはもっと厳しい。あちこちの関節が痛い上に、鉛でも入っているように重く感じる。

本当ならばもっと焦ったり、真柴に対して怒りを覚えたりするべきなのだろうが、あいにく千倉の感情も少しおかしくなっているらしい。

(しょうがないな……)

正直、真柴があんなに追いつめられていたなんて思っていなかった。カールソンやアツキの存在にピリピリしていたのは知っているし、千倉の態度に不満や不安を感じていたこともわかっていたが、まさかこんなことをするほどとは考えていなかったのだ。

たまに言うことを聞かないけれども基本的には躾《しつけ》のできた犬……なんて思っていたが、とんでもなかった。あれは獰猛《どうもう》な狼だ。飼い慣らしたつもりで油断すると、がぶりとやられて食い尽くされてしまう。

千倉は深い溜め息をついた。

厄介なのは、この期《ご》に及んで真柴への怒りが浮かんでこないことだった。それにここまで追いつめてしまった自分に、怒る資格などないような気がする。

（ちゃんと話さなきゃね……それで、伝えないと）

こんなふうになっても、真柴が愛《いと》おしいという気持ちに変わりはない。真柴にならば、食い尽くされてもかまわないと思えるくらいには。

この手が自由になるならば、抱きしめて撫でてやりたかった。

いまごろ、どんな顔をして働いているのだろうか。そもそもちゃんと仕事がこなせるのだろうか。ここに置いていった千倉のことが気になって、仕事に身が入らない……なんてこともありそうな気がする。

（それにしても、無断欠勤……）

当然初めてのことだ。まして年末のこの時期――あさってで仕事納めという日に休んでしまうなんて。

（ああ、でもきっと、真柴がうまく言ってるかな）

彼のことだから、伝言を預かったとでも言ったかもしれない。なんとなくそんな気がしてきた。おそらく千倉は病欠扱いだろう。とりあえず、今日のところは。

自然と重い溜め息が出た。

(少しはまともに考えられそうな気がする)

だんだんと思考がクリアになってきた。

真柴がいないあいだに、なんとか考えをまとめなくてはいけない。本当はもっと早くに考え、千倉の考えや思いを誤解のないように伝えねばならなかったのに、当の真柴がそうさせてくれなかったのだ。少しでも千倉の意識が逸《そ》れようものなら、あらゆる手を使って妨害した。それは単純に言葉で、というのもあったが、大抵は千倉の身体をいじるという行為によるものだった。

喘がされているあいだは、なにも考えられなかった。

この数日間、千倉はずっと真柴に触られていた。眠っているときも腕に抱かれていたし、起きているあいだも四六時中くっつかれていた。ただ抱きしめられていた時間もあったし、あちこちをいじられて声を上げさせられることもあった。もちろん身体を繋いでいた時間も多かった。休みのあいだ——いや、今朝までずっと、千倉が真柴の体温を感じ続けていたのは間違いないのだ。

(さすがに危機感、覚えたな……)

真柴はあきらかに常軌を逸していた。ひどかったのは最初の夜から、鈴の付いた枷《かせ》を嵌める頃までで、そのあいだの二日間は本気で何度も泣いた。身体がつらかったというのもあるし、真柴が怖かったというのもある。

枷を嵌めたあとは少し落ち着いて、ただ抱きしめるだけの時間も増えたが、離れようとしないのは一緒だった。

必死なのだろう。それはいやというほど伝わってきた。

(でも……真柴、ちゃんとわかってるのか……?)

このまま千倉を監禁し続けることなんてできるわけがない。千倉には勤め先があり、友人がいて肉親がいる。遠からずどこからか異変を訴える声が出てくるのは確実なのだ。

覚悟の上なのだろうか。それとも簡単なことにさえ気づけないほど、真柴は冷静さを失っているのだろうか。

(追いつめられてるのは間違いないけど……ああ、そうじゃない。追いつめられてるけど、真柴はちゃんとわかってる)

千倉は自分の手首を見つめて溜め息をついた。

眠っているあいだに細工をしたらしく、言われていた後ろ手ではなく、前で拘束されている。革の端が接着されているものの、しょせんは猫用のものだ。時間をかけたら確実に壊せるだろう。

本気で拘束する気があるとは思えない。真柴がいる状態ならば有効だろうが、この状態なら逃げるのはそう難しくない。

真柴は千倉が逃げだすことを期待しているのだろうか。

逃げたとして、真柴はどうするつもりなのだろうか。

いろいろと千倉は考えてみる。真柴の性格、ここしばらくの彼の様子、それからこの部屋に来てからの彼の行動、表情、しぐさ。

可能性はいくつもある。思いついたもののなかの、どれか一つが正しいのかもしれないし、一つも正しくないかもしれない。

それでも千倉は、最もありえそうな考えを捨てられなかった。

（もし、このまま黙って、これ外して出ていったら……）

がらんとした室内に戻ってきた真柴は、きっと立ちつくして動かなくなるだろう。どんな顔をするかはわからない。自嘲かもしれないし、安堵《あんど》の表情かもしれない。あるいは顔をゆがめて泣くのかもしれない。

（それで……たぶん、それっきりなんだろうな……）

会社では会うが、ただの後輩として必要以上の言葉も視線も交わさないだろう。いや、視線をあわせてくれるかどうかもわからない。

二度と千倉の家には来ないだろう。最悪、会社も辞めてしまうかもしれない。

拘束された手をじっと見つめ、千倉は溜め息をつく。

最悪の形だが、これが一番ありそうな気がしてきた。

「怖い狼を……可愛いわんこに戻さないとね……」

少しくらい行儀が悪くてもかまわない。お預けができない、始終腹を空かせている犬だが、千倉はそこも含めて愛おしく思っているのだから。

そのためには、なけなしの根性を振り絞る必要があった。

（うん……ちゃんと話そう）

苦手だ、照れくさい、なんて言っている場合ではない。ここが正念場だ。黙っていたら、取り返しがつかなくなる。

そう決意をしてから、真柴が帰宅するまでのあいだ、千倉はほぼずっとベッドに横たわったまま真柴のことを考えていた。

すっかり夜の帳《とばり》が下りて、どのくらいたったのか。

玄関から音が聞こえてきて、いよいよだと思った。明かりは消したままだから、室内は暗くて、とても静かだ。

ドアが開いて、すぐに閉まり、施錠する音が聞こえた。短い廊下を歩く音、そして廊下と部屋を隔てるドアを開く音。

次の瞬間、室内が明るくなった。まぶしさに、千倉は目を閉じるものの、すぐになんとか目を開けた。

「え……」

部屋の入り口で真柴は固まった。目を瞠り、まっすぐに千倉を見つめ、驚愕《きょうがく》と歓喜と戸惑いと絶望が入りまじった、とんでもなく複雑な顔をしていた。

千倉は両手をベッドについて、力を振り絞るようにして身体を起こす。肩からするりと上掛けが落ち、腹のあたりまで身体があらわになった。

仕方ない。真柴はなにも着せてくれなかったのだから。最初の夜に脱がされてから、一度も服をくれないのだ。

少し寒いけれども、エアコンのおかげで震えるほどではない。いまはそれよりも大事なことがある。

「……千倉さん、なんで……」

真柴は茫然《ぼうぜん》としたまま呟いた。ここに千倉がいることが信じられない、とでも言いたげな顔だった。

「やっぱり、いなくなってることが前提だったのか」

発した声は思っていたよりはマシだった。最後に喘がされたのが昨夜の日付が変わる前だったから、少しは喉も回復したようだ。

「…………」

答えはなかった。千倉の考えは当たっていたということだ。拘束具が簡単なものだったのは、やはり千倉を逃がすためだったのだ。

ふうと息をつき、手もとに目を落とす。

「外してくれる？　鎖だけでいいから」

とりあえず一纏《ひとまと》めにされている手が離れればいいとしよう。真柴は強ばった顔をしながらもすんなりと鎖を外してくれた。

「シャツかなにか貸して」

言われるまま真柴は一枚のシャツを差しだしてきた。けれども千倉は受け取らず、じっとシャツではなく顔を見つめ返す。

嘆息して、真柴は千倉にシャツを着せてきた。といっても肩にかけるだけだ。

「ありがとう……」

袖《そで》を通すことはせず、前をあわせて手で軽くつかむだけにした。袖を通すのもいまは億劫《おっくう》だった。

不自然な沈黙が落ちる。真柴の緊張がこちらにまで伝わってくるようだ。

千倉は小さく息をついた。

「ごめんね、真柴」

見つめたままそっと言うと、ひゅっと息を呑む気配がした。ふたたび目を瞠った彼は、信じられないようなものを見るような目をした。

混乱が手に取るようにわかった。

「なん、で……」

「ん？」

ベッドの傍らに座りこんだ真柴を見つめ下ろす。ベッドサイドを避けたのは、さっきシャツを差しだしたときと同じ理由だろう。不用意に千倉に触れることを避けているのだ。

まっすぐに目を見つめ返し、真柴は振り絞るように言った。

「なんで、千倉さんが謝んの……」

「真柴があそこまで思いつめてるの、気づいてやれなかったから」

「そんなの……っ」

「言葉が足りなかったから。真柴に自分の気持ちとか、思ってることとか、ちゃんと伝えてなかったから」

「千倉さん……」

「いろいろ反省したから、謝ったんだよ。それでね、いろいろ言わなきゃいけないことはあるんだけど、まず最初に言っておこうと思って」

千倉はほんの少しだけ身体をずらし、真柴に向きなおった。微妙な距離が、二人のあいだにはあった。今朝まで離れていなかったのが嘘のようだ。

視線を絡めながら、千倉は少しだけ笑みを浮かべ、ふらりと身体を前に倒した。

「ちょっ……！」

慌てて真柴が手を伸ばし、倒れこむ千倉を抱き留めた。衝撃なんてほとんどなかった。真柴は自らも膝立ちで前へ出る形で、本当にそっと受けとめてくれたのだ。

思わず笑みが深くなった。

「な……なにやってんですかっ」

「おいでって言っても、来てくれなさそうな気がしたから」

「は、ぁ……？　え、ちょ……」

「このまま話そう？」

「……誘ってんの、それ……。そんな格好して、俺がなにしたか、忘れたんですか」

怒ったような言葉とともに突き放されそうになって、千倉は両手で真柴にしがみついた。

肩からシャツが落ちてほとんど役目を果たさなくなったが、それでもかまわなかった。

「忘れてないよ。でも、誘ってるって言うなら、そういうことでいいよ。いやじゃないから」

「なに、言って……」

「いやじゃないんだよ、真柴。セックスが好きかって言われたら、正直そうでもないけど、真柴に抱かれるのは嬉しいよ」

腕のなかから見あげて言うと、真柴は声もなく見つめ返してきた。驚きながらも彼は、千倉の言葉を必死で受けとめようとしていた。

口にしてしまえば、意外と抵抗はなかった。だから最も肝心な言葉も、勢いのまま告げることができる。

「君が思ってるより、僕は真柴のこと好きなんだよ？」

「っ……」

「つきあい始めた頃より、いまのほうがずっと君のことを好きになってる」

手を伸ばして頬に触れると、折れそうなほど力強く抱きしめられた。真柴の顔は見えなかったし、言葉もなかった。

ただ息苦しいほど抱きしめられて、それを千倉は静かに受けとめた。

いつもの真柴だ。あのあやうい獰猛さはもう見えなかった。さっきまで触れまいとしていたことが嘘のように、今度は離すまいとしているのが、同じと言えば同じだったが。

やがてくぐもった声が、わずかに聞こえてきた。

「不安、だったんです……」

「うん」

なんとか自由になった手を持ち上げて、さらりと髪を撫でた。

「誰かに取られるんじゃないかって」

「……うん」

「俺、一方的に千倉さんのこと好きになって、必死で口説いて……それで、千倉さん、絆されてくれて……」

「それも間違いじゃないけど……とっくに一方的じゃなくなってたよ。ねぇ、真柴。気持ちって、育つものだろ？」

「育、つ……」

ようやく力が緩んで、少しだけ楽になる。まだ互いの顔が見えるほど離してもらえてはいないが、真柴が次の言葉を待っているのはわかった。

「ちゃんと育ってるんだよ。それでね、さっきまでずっと真柴のこと考えてた。目が覚めたの、三時すぎで……それからずっと、帰ってくるまでね」

「俺のこと……？」

「そう。真柴のことばっかり。それでね、思ったんだ。休みのあいだ、真柴って結構ひどかったと思わないか？」

「っ……」

非難されたと思ったのか、真柴はぐっと言葉に詰まっていた。表情も強ばり、端整なその顔がひどく歪んだ。

小さく嘆息し、千倉は続けた。

「本気で泣いたよ、何度も。真柴はしてるほうだからわからないと思うけど、ああいうの、かなりつらいんだからね？」

快感が激しすぎて泣きわめいたのなんか、初めての経験だった。次から次へと終わりのない絶頂感が押し寄せてきて、全身を貫いていったのだ。発作でも起こしたように痙攣する身体を止められなかった。なのに真柴は自分の欲望だとか衝動だとかに忠実で、とんでもない状態になっている千倉を容赦なくさらに責め立てた。

やり殺される、と思ったのは、そんなときだった。

「……ごめん」

「うん。二度とするなとは言わないけど、僕の限界は考えてくれないと困るから。真柴とは体力とか基本的なとこ違うんだからな」

「え、え？」

真柴は本気で驚いているようだ。彼にしてみれば、条件付きとはいえまさかの許可だったのだろう。

「い……いいの……？」

「会社休ませるとかは、ありえないから」

ぷいっと横を向き、冷たく言ってみたものの、真柴はあまり堪《こた》えていないようだった。むしろほうけた感じで「いいんだ……」などと呟いている。

まだつきあっていない頃、千倉は男に抱かれるなんてありえない……という姿勢だった。それだけに自分の変化にはくらくらしてしまう。

だからこそ、いよいよ千倉は開き直った。

「僕も、わかりにくくて、ごめん」

「え？」

「すごく、苦手なんだ。気持ちを言葉にするの、恥ずかしいっていうか……照れくさいし、言われるのも、嬉しいけど……やっぱり恥ずかしい」

褒められたり、好きだとか愛していると言われると、どうしたらいいのかわからなくなる。だからことさら素っ気なくなったり、話を逸らしたりしてしまう。そしていちいち翻弄《ほんろう》される自分が、情けなく思えるのだ。

「真柴は年下だってことにこだわってるけど、僕だって年上ってことに、少しはこだわりがあるんだよ。変な意地、だけど……」

「意地なんだ……？」

「真柴に翻弄されてるって、思われたくなかったんだ。真柴がしてる以上に、背伸びしてたのかもしれない。追いつかれたくなかったからね」

「いまも？」

「もう追いつかれてる気がするな」

ふと笑って、千倉は真柴の頬にキスをした。

「千倉さん……」

「それで、ずっと一緒に……こんなふうにいられたらいいな、って思ってる」

「ずっと……？」

「うん。四歳の違いなんて、歳とればとるだけ関係なくなるよ。それに、ミルクを拾ったのは君なんだから、ちゃんと面倒みなきゃね」

かなり慣れたとはいえ、千倉の世話の仕方はぎこちない。遊んでくれと突進してこられたら、それが不意打ちだった場合は硬直してしまう。そしてまだまだ子猫なミルクには、往々にしてそういうことがあった。

真柴は微笑《ほほえ》みながら大きく頷いた。

「それで……ミルクを連れて、もうちょっと広い部屋で暮らそうか」

「っ……」

もう一度強く抱きしめられ、そのままベッドに押し倒された。ちりん、とまた鈴が鳴って、そのあとはまた沈黙が落ちた。

真柴の肩越しに天井を見つめ、とりあえず年が明けたら家探しだな……と心のなかで呟く。

耳もとではくぐもった声がした。

「も……もう、なんですか。千倉さんって、ほんとにもう……」

「なに？　それ文句？」

「ある意味、そうですね。なんかもう、殺されそうです。俺をどうにかしたいんですか。っていうか、どうにかされたいの？」

ぺろりと耳を舐められて、びくんと身体が跳ねた。おおげさな反応だと自分でも思ったが、おかしくなった感覚はまだもとに戻っていないらしい。

顔を上げた真柴は、じっと千倉を見つめ下ろしてきた。

熱を孕んだ目で見つめられ、不覚にも鼓動が速まった。熾火《おきび》のように身体のなかに残っていたものが、じくじくと疼き始めた気がした。

まるで媚薬《びやく》だ。この男の目と声と、そして体温が、千倉から理性を奪っていってしまう。

心と身体は繫がっている。だから千倉だって、真柴が欲しかった。

「……明日は会社、行くからね……？」

「わかってます」

「ん……わかってるなら、いいよ。来て……？」

指先をネクタイに引っかけて言えば、それを外す前に胸にむしゃぶりつかれた。

軽くキスされただけなのに、ビリビリと指先まで甘い痺れが走る。過剰なほど感じる身体を愛撫され続け、千倉はそれからまた何時間も泣かされてしまった。


仕事納めを無事に迎えた日。風邪気味だからと言い訳をして、千倉は終業と同時に職場をあとにしていった。

休み明け、喉を嗄《か》らしてろくに声が出なかった千倉は、同僚たちからかなり心配そうに迎えられた。身体もふらついていたので、まだ具合が悪いのだという説明には、かなり説得力があった。この二日間、千倉はかなり労られていた。

罪悪感で胸が痛んだ。千倉がふらふらなのも喉がおかしいのも、自分のせいなのだ。絶対に言えるはずがなかった。

「千倉さん、車拾いましょう」

あとから会社を出て、打ち合わせていた場所で追いついてきた真柴は、人目につかない場所でタクシーを拾った。

これからカールソンに会う。どうしても片を付けておかなければいけないことがあると千倉に言われ、つきあうことにしたのだ。

「別にね、隠したかったわけじゃないんだ」

独り言のように千倉は言った。まだ少し声は掠れていたが、聞き取るのに支障はないし、本人もかなり楽になったようだ。

掠れ声もセクシーだなんて、口が裂けても言えない。まして気だるげな様子が色っぽくてたまらない、なんて。

そう感じていたのはほかにもいたようで、同僚のうち二人が千倉の色香に当てられてぼうっと眺めていたのを、真柴は見逃さなかった。どちらも男だ。気の迷いだとは思うが、一応これからも注意していかねばなるまい。

「真柴も言ってた通り、認めちゃったら、言質を取られるような気がしてたんだ」

間を置いて出てきた言葉に、真柴は意識を戻し、そして頷いた。

このあいだから千倉はいろいろなことを教えてくれる。つかめなくて焦っていた彼の心は、実は一途《いちず》なほど真柴に向かっていて、堰《せき》を切ったように与えてもらった言葉の数々は、真柴の思いをさらに煽《あお》りたてた。

可愛いと、心の底から思った。もちろん前から思っていたことが、あのときの彼は悶絶《もんぜつ》するほど可愛くて色っぽくて、とんでもない生きものに魅入《みい》られてしまったと思ったものだ。

そして一度彼の本心がわかれば、いろいろな彼のしぐさや視線が、いちいち真柴に愛を訴えかけているように見える。

話を聞きながら、きれいで可愛い恋人に見入っているうちに、タクシーは目的のホテルに到着していた。

今日は二人だから、部屋まで行くことになっている。カールソンも年が明けたらマンションに引っ越すそうだが、真柴たちはまだこれから家を探さねばならなかった。

キーがないと立ち入ることもできないフロアだから、カールソンはエレベーター前まで迎えに出てきていた。

会うのは二度目だ。いやみなほどの美丈夫《びじょうふ》は、今日も余裕の笑顔で千倉――真柴はしょせんおまけだ――を迎えたが、雰囲気がいつもと違うのを察したのか、ほんの少しだけ眉を上げてみせた。

「お忙しいところを申しわけありません。お時間を割いて下さってありがとうございます」

「いや……それはそうと、千倉くん。風邪？」

エレベーターに乗りこみながら、カールソンは気遣わしげに問いかけてきた。

「いいえ」

「そうなの？　でも、調子がよくなさそうだよ」

「病気ではないですから」

「うん？」

「真柴が激しいんです」

顔色一つ変えず、千倉はさらりと言い放った。

関係を打ち明けるとは聞いていた。だがまさかここで、こんな言い方で暴露するとは思っていなかった。

真柴は唖然としていたし、さすがのカールソンも言葉を失っていた。

そうこうしているうちにエレベーターが目的のフロアに着いた。

カールソンはまじまじと千倉を見つめていたが、気を取り直したかのように黙って廊下を歩いていく。観察するように真柴へと目を向けたが、なにも言わなかった。

（千倉さんって、変なとこで剛胆……）

すでに千倉のペースだ。あるいはカールソンに主導権を渡さないため、あえての先制パンチだったのかもしれない。

スイートルームへと通され、リビングのソファに千倉と並んで落ち着いた。到着時間にあわせていたのか、すぐにルームサービスでコーヒーが運ばれてきた。

一人がけの肘《ひじ》かけ椅子でゆったりと長い脚を組み、カールソンは千倉に微笑みかけた。すでにさっきのことは忘れたかのような態度だ。

「それで、話というのは？」

「曖昧にしていたことを、はっきりさせようと思って」

「それが恋人の話？」

「はい。お察しのことと思いますが、僕の恋人はここにいる真柴圭太です。今度、同棲することにしました」

千倉は視線をカールソンに向けたまま、真柴の手に指を絡めてきた。思わず握り返すと、カールソンがおもしろくなさそうに片方の眉だけを上げた。

「なるほど。やはり年下趣味だったのか」

「いいえ」

きっぱりと返し、千倉はかぶりを振った。

「真柴とは職場の先輩後輩として知りあいましたから、そういう意味ではもちろん無関係ではないですけど、僕が真柴を好きになったこととは関係ありません。それに、実年齢なんか無意味でしょう？」

「つまり……真柴くんは、充分に大人だと？」

「はい。少なくとも僕との差があるとは思いませんし、痛みを知ってる分、もしかしたら真柴はあなたより大人かもしれませんよ」

挑発的に告げて、千倉はうっすらと笑った。それはけっして相手を見下しているのではなく、恋人を——つまりは真柴を持ち上げているだけだった。

鼻白んだ様子でカールソンは肩をすくめる。そんなキザなしぐさすら絵になる男に、千倉は背筋をぴんと伸ばして対峙《たいじ》していた。

やはり千倉はきれいだ。凛《りん》としていて、静謐《せいひつ》で。

(ビターチョコみたいなふりして、実はミルクチョコだしな)

彼がとても甘いことは、真柴しか知らなくていい。いや、誰かに教えてやりたい気持ちはあるが、味見なんて絶対にさせてやるものか。

黙ってやりとりを見ていた真柴に、ふいにカールソンの目が向けられた。

「ふうん……このあいだ会ったときと、ずいぶんと雰囲気が違うね」

どこか楽しげに、ブルーの目が細められた。敵意や嫌悪は感じないが、けっして好意的なものでもない。

意味を考えていると、カールソンは軽く顎《あご》を引いた。

「なるほど、これはおもしろいな」

「どういう意味ですか」

怖《お》じ気《け》づくことなく千倉は問いかける。個人的な関わりが強くなったせいか、最初の頃と違って、いろいろと遠慮がなくなっているようだ。

「ライバルが強力なほうが、手に入れたときに達成感があるだろう？」

「は……？」

「以前も言ったが、わたしは気は長いほうだからね」

にやりと笑ってカールソンはゆったりと椅子にもたれた。

ここへ来てようやく千倉が戸惑いをみせ、真柴と繋いでいる手にも力が入った。こんなふうに言われるとは思っていなかったらしい。

むしろ真柴は落ち着いていた。簡単に諦めないだろうことは、予想していたからだ。

「せいぜい時間を無駄にしてください」

「君も言うね」

くつくつと笑う声は、以前だったら不愉快にしか思えなかっただろうが、いまはさほどでもなかった。

もちろん油断はできない。うかうかしていたら、千倉をかっさらわれてしまう危険はまだ潜んでいるのだ。そうならないためにも、真柴はこれからも男を磨いていかねばならない。そして千倉に何度だって惚れ直してもらうのだ。

目の前にいる男だけではなく、後日会うことになっているアツキにも同様の警戒は必要だろう。二人だけ警戒していればいいわけではない。もしかしたら、この先も強力なライバルが出てくるかもしれない。

立ち止まっているひまはなかった。

真柴は千倉の手を強く握り、カールソンに向かって不敵に笑ってみせた。


食事をしようというカールソンの誘いを断り、千倉に連れられて青山にあるイタリアンの店へとやってきた。

約束があるのだ。だからカールソンにも、そう言って諦めてもらった。

名前を告げて店へ入っていくと、テーブルにはすでに一人の華やかな女性が待っていた。

英香《えいか》——千倉の姉だった。

「ごめんねぇ、呼びだしちゃって」

「いえ……」

視線は真柴に向けられていたので、席に着きながら真柴はまず挨拶を交わした。何度か言葉は交わしているが、プライベートでは初めてだった。

「今日で仕事は終わりなのよね？」

「うん」

「じゃ、乾杯ね。今年一年、お疲れさまでした、ってことで」

英香はワインを選び、それが乾杯となった。コースはプリフィックススタイルで、前菜とパスタ、メインのメニューから好きなものを選んでいく形だ。

話題は主に、仕事の話になった。三人に共通する話題となると、どうしてもそうなってしまうのだ。もちろんそれ以外にも、花邑《はなむら》家の話になったり、千倉の子供の頃の話が出たりはしていた。

「あら……？」

英香がふと目に留めたのは、千倉のネクタイだった。

「なに？」

「細い毛みたいだけど……白い」

「あ、ミルクの毛ですね」

猫の毛は細くて、よく衣服についている。洗濯をすませ、クローゼットに入れていた服ですら、出したときには毛がついていることがあるほどだ。

英香はきょとんとしていた。

「ミルク？」

「あれ、言ってないんですか？」

「……うん」

「なに？　ペット？」

「ああ……猫だよ」

「猫ぉっ？」

英香は心底驚いて声を上げた。幸いにして店内に響くような声ではなかったが、ぽかんとしてまじまじと千倉を見つめていた。

実の姉なのだから、当然、千倉の猫恐怖症も原因となったトラウマのことも彼女は知っているのだ。

「嘘……祥《しょう》ちゃんが、猫……」

「ちょっと、成りゆきで」

「あー、俺が拾っちゃって、千倉さんが引き取ってくれたんですよ」

そこにはいろいろと真柴の策略があったのだが、簡単に言えばそれに尽きた。

英香はほうけた顔で、何度か頷いたあと、かなり真剣な顔で言った。

「見たい。会わせて触らせて」

「今度ね」

「ふふ、楽しみ。そっか、真柴くんがね。いまの家はペット禁止なの？」

「そうではないんですけど、まぁいろいろと……」

言葉を濁しているうちに、前菜の皿が片づけられていく。真柴は全粒粉のパンをちぎり、オリーブオイルにつけてから口に放りこんだ。

隣の席で千倉がことりとワイングラスを置いた。

「今度、引っ越そうと思って」

「ふぅん」

「で、真柴と同棲することにしたから」

「そうなの」

あっさりと頷く英香を、真柴は唖然として見つめた。彼女はきれいな指先でグラスを持ち、うまそうにワインを飲んでいる。

ちゃんと聞いていなかったのだろうか。あるいは同棲の部分を、単なる冗談として受け取ったのか。

思わず千倉を見てしまったが、視線に気づいていない様子で千倉は英香に言った。

「どこまで言って大丈夫だと思う？」

「んー、別に平気じゃない？　ま、パパはすねると思うけど。わたしが嫁に行くより、祥ちゃんに彼氏ができたっていうほうが、騒ぎそうな気がするわ」

「ああ……」

「でもすねるくらいで、別に怒ったりしないと思うわよ。あれでも昔はモデルだったんだし、いまだってギョーカイの人なのよ。よくある話でしょ」

「そうだね。じゃ、今度みんなに真柴を紹介するから」

「お正月でいいんじゃない？　三日はたぶん、全員いるはずよ。駅伝見なきゃだし」

「わかった。連れてく」

話の流れに真柴は目を瞠った。この姉弟は、なにを当たり前のように話しているのだろうか。説明してくれと、心のなかで思わず叫んだ。

そのうちに、それぞれの前にパスタの皿が運ばれてきた。だが迷った挙げ句に選んだ鴨《かも》のラグーソースのタリオリーニも、いまの真柴の目には入らなかった。

「……食べないのか？」

「いや、あの……」

「正月はひまだって言ってたよね？」

「は、はぁ」

「そういうことだから、家族に会って」

なにがそういうわけなのか、ついていけない。だがとりあえず、英香がすべて承知していることは理解できた。

「い、いつの間に……？」

「それは、姉がいつ僕たちのことを知ったか、という意味？」

大きく頷くと、千倉は空を見つめて少し考え、わりとすぐに諦めて視線を英香へと移した。いつだっけ、とその目が問いかけていた。

「二度目の打ち合わせのときかな」

「そんなに早く？」

「でも祥ちゃんが言ってくれたわけじゃないのよ。わたしが勝手に気づいたの。で、たったいま肯定してくれたのよ。真柴くん、冷めるわよ」

早く食べろと促され、ようやくフォークを手にする。突然のことに少し混乱していて、味がよくわからなかった。

だが嬉しいという気持ちが徐々に湧いてきた。英香は当たり前のように捉えているようだし、肯定的な姿勢を見せてくれている。

身内に認められるのがこんなに嬉しいことだとは思わなかった。

「それで、住むとこは決まったの？」

「まだ。明日から探そうと思ってる」

「だったら、わたしのマンションなんてどう？　今月頭から、ずっと空いてるのよ」

優雅にパスタを食べながら、英香はなんでもないことのように言った。聞いた千倉も特に意外そうな様子ではなかった。

「そういえば会社の近くに引っ越したんだっけ」

「近いところに、いい物件があったのよ。出勤しなくてもいいくらい近いの。家にいるから用事があったら仕事持ってうちまで来てねー……って言えるくらいよ」

どうやら〈ハナムラ〉の近くに彼女は居をかまえているようだ。新しい家が気に入っているのか、英香はにこにこ笑っている。

反して千倉は溜め息をついていた。

「そこまで通勤が面倒なのか……」

「面倒よ。できれば会社に住みたいくらい。まあ、そんなことはいいじゃない。とにかく、空き部屋の話よ。マンションは築六年で、部屋は２ＬＤＫ。ペット可だし、通勤もそこそこ便利じゃないかな。ちなみに部屋のうち一つは、わたしの趣味で和室よ。モダニズムを追求したけど。あ、食事終わったら、一緒に行きましょ。まずは見ないことにはね。いいと思ったら、家賃は交渉して。あと、もし住所とかごまかしたいんなら、わたしと同居することにすればいいわ。新しい住所を貸してあげる」

一気にそこまで言ったあと、英香はくるくるとフォークにパスタを巻きつけ、上品に口へと運んだ。

真柴はすっかり空気のようになって、黙々とパスタを食べていた。

「でも、いい歳して姉弟で住んでるって思われるのも微妙……」

「そうね。ゲイってあやしまれるか、シスコンって思われるか……。わたしの感覚だと、シスコンのほうが痛いけど、まぁそれは人それぞれかな」

千倉はフォークを持つ手を止め、少し考えているようだった。彼の頭にあるのは住所変更届に関してであり、英香のマンションを借りる借りないではないようだ。

くすりと笑い、英香は続けた。

「まぁ、祥ちゃんは実家に戻った……ってことにしてもいいんじゃない？　おばあちゃまの許可さえあれば問題ないし。って、OKに決まってるけど」

「そうか……そうだね」

「……千倉さんも、おばあちゃまって呼んでるんですか？」

「訊くのはそこなのか。やっとしゃべったと思ったら……」

思わず口を挟むと、千倉は呆れた顔をした。いや、少しいやそうな顔に見えた。だからこそ確認せずにはいられない。

だが千倉は視線を外し、もくもくとパスタを食べ始めた。

もしや、と思っていると、英香がくすくすと笑いながら頷いた。

「そうよ。祥ちゃんも、おばあちゃま……って呼んでるわ。さすがにパパママは中学でやめたけど」

「か、可愛……っ……」

思わず真柴は口を押さえて横を向いてしまった。ここがレストランでなかったら千倉を抱きしめ頬ずりしているところだ。

そんな真柴を冷たい目で見て、千倉はやれやれと溜め息をついた。

「悶えてるわね」

「余計な情報を与えないように」

「どうせうちに来たらわかることじゃない」

姉弟の会話ももう耳には入らない。真柴の頭のなかは、今夜どうやって千倉を愛そうかと考えるのでせいいっぱいだった。

引っ越しは怒濤《どとう》の勢いとスピードで果たされた。

英香と会って食事をしたあと、すぐマンションに連れていってもらった千倉たちは、その場で部屋を借りることを決めたのだ。

広さは充分あり、通勤時間もいままでとさして変わらない。買いものもそこそこ便利で、部屋の設備も充実している、となれば、断る理由はどこにもなかった。しかも英香の部屋は二階だから、千倉の高所恐怖症にもさしさわりはない。

低層で小規模なそのデザイナーズマンションは、普通だったら真柴たちが住めるような代物ではなかったが、貸し主は身内だ。無理のない家賃でいいことになった。

決まってしまえば早いほうがいい、とばかりに、彼らは年内に新しい部屋へと移り住むことになった。長めの休みがあるときに、一気にやってしまおうと決めたのだ。だから千倉たちの年末年始は引っ越しで終わってしまった。

花邑家で真柴との関係をカミングアウトする計画は、予定通り行われた。反応は英香の予想通りだったが、父親は盛大にすねながらも最終的には真柴を認めたようだった。大事にすると誓わされた真柴も、まんざらではないようだった。

「ご機嫌だね」

日当たりのいい窓辺で眠るミルクも、新しい家にすっかり馴染《なじ》んでいる。引っ越した当初はびくびくしていたものだが、数日ですっかり慣れたらしい。いまは拡張されたキャットタワーをひょいひょいと上ったり、広くなった部屋を走りまわったり、お気に入りのこの場所で眠ったりと、日々楽しそうに暮らしていた。

気持ちよさそうなミルクの傍らにしゃがみこみ、なにをするでもなくじっと見つめていると、やけに機嫌のいい真柴が近づいてきた。

「ちょっと協力してください」

「……なにを？」

「んー、着付け？」

「は？」

わけもわからぬうちに和室へ連れていかれ、なぜか真柴につきあわされることになってしまった。

普段の和室は襖《ふすま》が開け放たれ、広いリビングの一部となっている。六畳ほどの広さのそこは、本来は洋室だったものを、あえて作り直したものらしい。モダンというよりは、外国人がイメージする和室という感じになっていた。

ちなみは寝室は、もう一つの部屋だ。八畳ほどの洋室で、ベッドはもともと置いてあったダブルのそれをそのまま使わせてもらっていた。

「で……どうして着物？」

これは正月を花邑家で過ごしたときに、千倉と真柴に用意されていたものだ。用意したのは英香で、理由はたんに着物姿を見たかったから、らしい。家にいるあいだはこれを着て過ごすはめになり、そのまま土産にと押しつけられた。

真柴はくすんだ青磁《せいじ》色で、千倉には桜鼠《さくらねず》といわれる色。そこが千倉は不満だった。ようするに灰色がかった薄いピンクなわけだ。似合うといって全員手放しで褒めたが、微妙な気分にさせられたことは記憶に新しい。

そんな着物を、真柴は見よう見まねで千倉に着せていった。おとなしくしているいわれはなかったが、拒否して逃げるほどの理由もない。とりあえず真柴が楽しそうなので、好きにさせておこうと思った。

「外へ行くわけじゃないし、いいか」

きれいとは言いがたいが、そこそこの形にはなっている。真柴は同じように着物を身に纏った。

そのあいだに千倉は畳の上に座っていた。

「よし。準備完了」

「なんの？」

「ちょっと、アツキの案を実行してみようかと」

「は？」

意外な名前が出てきて、千倉は面食らった。

アツキに会ったのは正月を明けて少したった頃だったか。カールソンのときと同じようにアポイントを取り、そこらのカラオケボックスのなかで、恋人同士なのだと宣言した。

返ってきたのは千倉にとっては意外な、しかし真柴にとって予想通りのものだった。曰《いわ》く「別に気にしない」だ。もともと奪うつもりはないので、隙《すき》あらば割りこむつもりだと言われてしまった。とてもじゃないが理解できなかった。

ようするに千倉たちを取り巻く状況は変わっていないのだが、真柴の意識は大きく変わったらしい。以前はなかった余裕が見えるようになった。

千倉もまた以前よりは態度や口に出すようにしていて、真柴の熱情を燃え立たせてしまうこともしばしばだ。感極まった真柴のパッションは、なぜか必ずといっていいほど千倉を愛《め》でる方向へと走る。

考えごとをしていると、真柴は間仕切りになる襖を閉め、六畳の和室を独立させた。なんとなくいやな予感がした。

「……一応訊くけど、なに？」

「うん、着物エッチ」

答えは簡潔だった。そして躊躇もまったくなかった。

呆れ果てて絶句しているうちに、千倉は押し倒された。

「なにこれ……」

「一度やってみたかったんですよ。このシチュ、千倉さんにすげー似合いそうだな、って。うん、似合う」

セックスするのに似合うもなにもないだろうと思ったが、こんなことで討論しても仕方ないと諦めた。

力を抜いていると、真柴はくすりと笑った。

「千倉さんって、普段はともかくエッチんときはMだよね」

「は？」

「あれ、自覚なかったんですか？　だって縛ってやったとき、いつもより感じてたし乱れてたよ。焦らしたら喜んでたし」

「喜んでない」

ムッとして言い返したが、真柴の笑みは収まらなかった。余裕の顔が、なんだか妙に腹立たしい。

「いや、身体は喜んでましたって。震え止まんなくなっちゃって、すっげー何回もいってたじゃないですか。泣きながらびくんびくんしてて、可愛かったなぁ……」

「忘れろ」

「無理。だって、どうせまたなるもん。千倉さんだって、またやっていいって言ったじゃないですか」

「そ……それは……」

「こないだので千倉さんって、もう一つ上のステージにいっちゃった気がするし。いいよね、理想だよね。普段は清楚でクールで、エッチのときは素直で可愛いなんて。身体だけMで淫乱って最高」

「っ……」

気がつくと手が出ていた。パチンと音がして、手のひらが真柴の顔を真正面から叩いていたのだ。

だがさほどダメージはなかったようで、真柴は鼻を押さえつつもニヤニヤと笑っている。

「Mはそっちだよ。叩かれて笑ってるじゃないか」

「えーだって子猫が引っかいてきたって、可愛いだけじゃん」

「誰が子猫だ」

「千倉さんって、どう見ても猫でしょ。まぁ百歩譲って普段の俺がMだとしても、エッチんときはSだからね。傷とかつけるようなのは論外だけど、縛った痕くらいは我慢してくださいね。で、千倉さんは普段はSっぽくなくもないけど、エッチのときは確実にMだもんね。ちょうどいいですよね。あ、また鈴とかつけていいですか」

「真柴ってときどき話聞かないよね」

「目隠しとかもいいな」

「いいからもう黙って」

人を押し倒し、のしかかったままで、なにをベラベラとしゃべっているのだろうか。真柴こそ別のステージに行ってしまったような気がする。

「いやだ。だってほら、想像するとたまんなくない？　目隠しされて動けなくされて、俺にもてあそばれちゃうんだよ？　もういや、って言っても許してもらえないんだよ」

「言ってもやめないのはいつものことだろ」

「うん。だって千倉さんが可愛くて、つい。泣き顔とか見てたら、いつまでもやれちゃうんですよね」

「理由になってないし、自慢することでもないよ」

そして嬉々として人の膝を割りながら言うことでもない。とっさに脚を閉じようとしたのは無意識の行動だったが、力で敵うわけもなかった。

抗う千倉から強引に下着を奪い、ぽいとそれを投げながら真柴は言った。

「あ、ローターとかバイブとかのオモチャはどうです？」

「オモチャなんか使ったら別れるから」

「ふーん、縛るのと目隠しはいいんだ。やっぱMですよね」

「違う。揚げ足取るな」

「認めたくないのはわかるけど、千倉さんって縛られるの好きな人なんですよ。認めましょ

うよ。縛られて、優しくいじめられると、キュンキュンしちゃうでしょ。試しに、またやってみようか？」

にやりと笑って、真柴は袂《たもと》からしゅるりと紐《ひも》を取りだした。今回は使わなかったが、着付けに使う柔らかな腰紐だ。

「やっ……ちょ……」

ぐるぐると両手を前でまとめられて紐で縛られた。真柴は満足そうに笑うと、千倉の膝にちゅっとキスをした。

黒い気配が見え隠れしている。あれ以来、真柴はときおり獰猛な気配を纏うときがある。それも千倉を抱こうとするときのみだ。

無意識に身がまえると、真柴はますます楽しげに笑った。

「期待しちゃって、可愛いなぁ」

「してない」

「えー、嘘つき。じゃ、正直な身体に訊いてみよーっと」

機嫌のいい真柴がさらに千倉の脚を大きく開かせる。そして着物の裾《すそ》を割り、彼は脚のあいだに顔を突っこんできた。

「やっ、ぁ……馬、鹿……っ」

いきなり始まった愛撫に、びくっと腰が跳ね上がる。

真柴は口で千倉自身を愛しながら、肩から着物を落とし、あらわになった胸をいじった。感じやすい身体は、たちまち快楽に囚われて逃げられなくなった。

濡れた声が和室に響き、卑猥な水音にまじりあう。

それでも千倉はなけなしの理性を振り絞って訴えた。

「あ、明日……嘉威たち、が……来る……っ」

「うん。でも昼すぎですよね。大丈夫。準備は俺がやるし、千倉さんは昼頃起きてくればいいから。時間はたっぷりありますよ」

そう言って真柴は、千倉の反論を封じるように唇を塞《ふさ》いだ。

言葉も嬌声もすべて呑みこまれ、意外と傍若無人なところもある恋人によって、千倉の休日は見事に潰されてしまった。

君と手を繋いで

人生で最も緊張する場面の一つかもしれない。

たった二十三年でなにを言うかと人によっては笑うかもしれないが、これから先もいまほどの緊張はそう何回もないだろうと思う。

これから真柴《ましば》は千倉《ちくら》の家族に会うのだ。

「真柴。顔が強《こわ》ばってる」

「……ですよね」

自覚はあったが、表情筋は思うように動いてくれなかった。ちゃんと笑えるだろうかと不安になってくる。

「あがり症……じゃないよね？」

「違うはずなんですけどね。試合で緊張したことなんか一度もなかったし。テストとかも平気だったし」

ついでにテレビに出たときも同じだった。かつてサッカー選手として注目されていたときは何度もインタビューを受けたし、スタジオ出演をしたこともあったのだが、そのときも堅くなるようなことはなかった。

「身がまえることはないと思うよ。初めて会うのは、父だけだろ？」

「英香《えいか》さん以外は、仕事の話で一回会っただけですけどね。でもそういう問題じゃないんですって」

「まぁ……それはそうだろうけど」

真柴を緊張させているのは、花邑《はなむら》家でする話の内容だ。真柴にとっては恋人の親から結婚の許しを得るくらい重大なことである上、カミングアウトという側面もある。大丈夫だと言われていても、息子が同性の恋人を紹介したら、普通はなごやかでいられるはずはない。

「ご家族には俺を連れていくこと、なんて言ったんですか？」

「同居人の真柴圭太《けいた》を紹介する……って」

「それだけ？」

「あとは、まぁ……僕の人生に関わる大事なことを打ち明けるから……って」

「ああ……」

とても曖昧で、範囲の広い言い方だ。きっと英香を除く家族たちは、いろいろと可能性を考えていることだろう。もしかすると正しく事実に辿りついた者もいるかもしれない。

「それと、あのことも言ってあるから」

「……はい」

真柴の引退へ繋《つな》がったケガについては、家族に知っておいてもらいたいと千倉から言われていた。どうしても誤解されたままではいたくなかったらしい。元日からする話ではないだろうと思ったが、千倉はかまうことなく家族に話をしたようだった。

「千倉さんは落ち着いてますよね」

「姉が味方だから、大丈夫かな……と。なんだかんだ言いながら、うちの家族をまとめちゃうのは昔から姉なんだ」

勢いと愛嬌、不思議に説得力のある言葉で、気がつくと丸めこまれているのだという。どれも自分にはないものだと彼は笑った。

なんとなく納得できてしまう。なにしろ真柴は、家を見せられて十分で引っ越しを決意してしまったのだ。あれは英香の勢いに呑まれたのだと思う。

その新しい家で、真柴と千倉は新しい年を迎えた。いままでずっと実家で年を越してきたという千倉が、初めてその慣例を破ったのだ。二人で初詣《はつもうで》に行き、その足で千倉は実家へ帰ったが、夜にはまた戻ってきて、三日である今日まで一緒にいた。

そして現在、揃って花邑家へと向かっているわけだ。

駅から実家までの道は、さすがの千倉も迷うことはないようだった。

「見えてきたよ。木の塀の向こうに山茶花《さざんか》が見えるだろ。あそこ」

「あー……なんか、想像してた通りだなぁ」

豪邸とまではいかないが充分に立派な建物だし、ここは高級な部類に入るだろう住宅街だ。千倉はやはりいいところのお坊ちゃんなのだと、あらためて思い知らされた。

門をくぐり、敷地に足を踏みいれると、真柴の口からは感嘆の息がもれた。

建物がよく見えるようになると、話に聞いていたような古めかしさはなく、趣《おもむき》のある佇《たたず》まいだということがよくわかった。庭もよく手入れが行き届き、落ち着いてどこか洗練された印象だ。

「うーん、立派な家っすよね」

「そこそこね。真柴、こっち」

物珍しさにあちこちに目をやっていたら、千倉が袖《そで》を引っ張った。そんなしぐさが可愛くて、思わず顔がほころぶが、幸いなことに見られてはいなかったようだ。

そのまま玄関をくぐると、物音を聞きつけたのか、奥から振り袖姿の英香が現れた。にこにこ笑う彼女の艶やかさに真柴は感心したが、千倉は怪訝《けげん》そうな顔をしていた。

「……なんで着物？　というか、その歳で振り袖……」

「うるさいわね。独身なんだからいいでしょ。外行くわけじゃないんだし」

「出かけないのに、わざわざ……？」

千倉の声は不審そうなものになった。真柴は花邑家の正月として和装は恒例なのだと思っていたが、どうやら違うようだった。

「いいじゃない、たまには。ほら、突っ立ってないで上がりなさい。あ……そうだわ。明けましておめでとうございます」

「あ、はい。おめでとうございます。昨年中は……」

「あーやめてやめて。堅苦しい挨拶はなし。仕事じゃないんだから、ね？」

促されるままに家へ上がらせてもらい、英香の先導で奥へと進んでいく。昨日は親戚が来ていたのだが、今日は家族のみのようだ。長男の紀幸《のりゆき》の妻と三歳の息子は、今朝から妻の実家へ行っているそうだ。今日の夜には紀幸もそちらへ行くらしい。

通されたのは八畳の和室だった。そこに二人分の着物が用意されていれば、自《おの》ずとこの先の展開も読めてこようというものだ。

「こんなの聞いてなかったけど」

「言ってないもの。いいでしょ、二人にあいそうな色を選んだのよ。せっかくだから着ましょうよ」

「なんでわざわざ」

「お正月気分を盛り上げるためよ。ちなみにパパと兄さんにも着せたわよ。おばあちゃまとママはいつものことだけど」

「…………」

「花邑家の一員ってことで、真柴くんもいいわよね？」

「え、あ……でも、それでいいんですか？」

「いいから言ってるのよ。ねえ、祥《しょう》ちゃん」

ちらりと英香が視線をやると、千倉は嘆息したあとで不承不承頷《うなず》いていた。

英香の言葉は狙ったものなのだろう。英香が積極的に真柴を受けいれている事実を、わかりやすく形にしようというのだから、千倉に拒否する選択肢はないのだ。

「はい、脱いで脱いで」

急かされるままにせっかく着たスーツを脱いだものの、その先はどうしたものかと戸惑ってしまう。思わず千倉を見ると、彼は平然と下着一枚になっていた。目の前にいるのは恋人と実の姉なのだから、当然かもしれないが。

「祥ちゃん、貧相……」

「悪かったね」

軽くすね気味の千倉に、英香は手際よく着物を着せていく。千倉によく似合う、薄くピンクがかったグレイの着物だ。

「なにこの高校生みたいな身体。パパの遺伝子どこいっちゃったのよ。あ、キスマーク発見。付けたてほやほや？」

いきなり振られた真柴は、動揺しつつも思わず頷いた。実際、千倉の胸もとにある痕は、昨日付けたものだった。

「姉さん、セクハラ」

「なによ、いいじゃないこれくらい。それより恋愛で悩みとかあったら、なんでもお姉さまに話しなさいよ？　男心がわからないとか、そういうのもね」

「僕も男なんだけど」

「でも祥ちゃんには、男心ってわかんないと思うわよ。ねぇ、真柴くん？」

またもや振られてしまった真柴は、ぎこちなく頷いた。千倉も思うところがあるのか、口を噤《つぐ》んでおとなしく着物を着せられている。

やがて千倉の着付けが完成すると、英香は真柴に向きなおった。

「早く脱ぎなさいって。……うん、やっぱりいい身体よね。いいなぁ、モデルに使いたいわ。気が向いたらいつでも言ってね」

返事は期待していないのか、英香はすでに真柴の着付けを始めている。千倉を見ると苦笑を浮かべていたので、ここはおとなしくしているのが得策だろう。

ほどなくして、真柴の着付けが終わると、英香は満足そうに頷いた。

「うん、いいわね。祥ちゃんはわかってたけど、真柴くんも予想以上に似合うのね。さすが男前。さ、行くわよ」

そう言って花邑家のムードメーカーは二人の腕を取り、部屋を出た。廊下を少し進むと、話し声が聞こえてきた。皆が集まっている居間のようだ。

足音に気付いたのか、ふいに話し声がやんだ。

英香に通されるままに真柴から部屋へ入ると、八つの目がじっと向けられてきた。覚悟を決めてきたとはいえ、否応なしに緊張感は高まった。

真柴は慣れない着物に苦労しながらも、膝《ひざ》をついて丁寧に頭を下げた。

「初めまして、真柴圭太と申します。明けましておめでとうございます。ご家族で過ごされているところを……」

「はい、そこまで。堅苦しい挨拶は抜きって言ったでしょ？　初めましてと新年のご挨拶、それで充分」

パンパンと手を打って、英香は遠慮なく割って入ってきた。そうして真柴と千倉を、用意してあった席に座らせる。

場の空気を作りだしているのも、話を進めるのも、やはり英香の役割らしい。千倉が安心しているのも納得だった。

真柴と千倉は隣りあって座り、向かいには千倉の両親がいる。兄姉はやはり隣りあい、その向かいに祖母の千英《ちえ》だ。全員が着物なのが正月気分を盛り上げているが、真柴にとってはそれどころではなかった。

「初対面なのはパパだけよね。真柴くん、こちらが父の千倉幸司《こうじ》。ちょっとウザイけど、適当に流してればいいから」

「英香……」

不満そうな顔をする幸司だが、慣れているのか本気の色は見えなかった。花邑家のいじられ役、と言ったのは千倉だが、いまそれを納得してしまった。

座っていてもわかるほど幸司は長身で、年齢にそぐわないいい身体をしているようだ。元モデルで、メイクアップアーティストとして現在も活躍している彼は、自らの容貌をキープすることにも余念がないらしい。顔立ちは長男の紀幸によく似ていた。日本人にしては彫りが深く、甘い雰囲気が漂う二枚目だ。

「で、こちらが真柴圭太くん。祥ちゃんの同僚っていうか、後輩で、年末からは同居人ね」

真柴は黙って頭を下げた。じっと見つめてくるいくつもの視線を感じながらも、背筋を伸ばして、千英を始めとするほかの家族にも挨拶をする。

それがすむと、千倉が口を開いた。

「早速で悪いんだけど、大事な話があるんだ」

「もうするの、祥ちゃん」

「早いほうがいいから」

千倉は真柴を見つめて、小さく頷いた。二人の関係を打ち明けるのは真柴の口から、と決めてあった。

真柴は座布団から下がって居住まいを正し、膝の上に手を置いた。そんな真柴の手に、千倉はそっと自分のそれを重ねる。

英香を除く家族の表情に戸惑いや驚愕が浮かぶのがわかった。

「いきなりで申しわけありません。僕は祥司《しょうじ》さんと、おつきあいさせていただいています。恋愛、という意味です。今日はそのことを知っていただきたくて参りました」

真柴が一気に言って口を噤むと、室内は静まりかえった。幸司は信じられないという顔をしていたし、紀幸は探るような目で真柴を見ている。母親の祥子《しょうこ》は思案顔で、ちらちらと英香を見ていた。そんななか、いち早く平常心を取り戻したのは、意外なことに祖母であり家長でもある千英だった。

「いつからなの」

「え、あ……はい。夏前になります」

「真柴くんは男の人が好きな人なの？」

「いいえ。祥司さん以外の同性にはまったく興味がありません」

「そう。祥ちゃんは？」

「僕だって男なんか興味はないよ」

矢継ぎ早の質問だが、千英の声が尖《とが》っている感じはしない。真柴と千倉を見つめる顔も、いたって穏やかなものだ。これは彼女のいつも通りの態度なので、そこから心情を酌《く》みとることはできなかった。

「英香は知っていたのね。教えてもらったの？」

「気付いたのよ。だって祥ちゃん、雰囲気変わったでしょ。これは恋だな、って思って観察してたら、真柴くんがフレームイン……みたいな」

英香の言葉に、家族たちの視線がいっせいに千倉に向かった。ほとんどの者が納得していたが、父親の幸司だけは穴があくかと思うほどに末っ子を見つめていた。千倉曰く、父親とはおととい、半年ぶりに会ったのだという。

「そうね。前よりも生き生きとしているかしらね」

「でしょ？　地味ーに平坦な人生歩みたいって子が、恋人に男の人を選んだんだから、よっぽどの覚悟だと思うのよね。というか、それくらい真剣に愛してる……かな？」

「……否定はしないよ」

溜め息まじりに吐きだされた言葉は、照れをごまかしているようにしか聞こえなかった。ちらりと目をやると、思った通りすねたような表情を浮かべている。

自然と真柴は頬を緩めていた。

「ほらぁ、これよこれ」

「甘いね」

ぽつりと呟いたのは長男の紀幸だ。彼は最も問題なく受けいれるだろう、というのが英香の見立てだった。

「でしょ？　こんな祥ちゃん、見たことないもの」

「まぁ、弟がもう一人増えたってわけだね」

「そうねぇ……孫が増えたわけね」

のんびりと呟いた長男と義母を、幸司はもの言いたげな目で見たが、すぐに救いを求めるようにして妻――つまりは千倉の母親に目をやった。

それを受けて、彼女は口を開いた。

「今後ともよろしくね、真柴くん。あ、圭太くんのほうがいいかしら ね」

「ちょっ……そんな簡単に認めちゃうのかい⁉」

幸司は目を剝《む》いて、妻たる祥子に詰め寄った。だが祥子は動じることなく、むしろ淡々と言い放った。

「認めるもなにも、祥ちゃんが選んだ人でしょ。自立した大人のすることに、親がああだこうだ言ってもねぇ」

「それはそうなんだけど、いや……でも……」

「祥ちゃんが頑固なのは知ってるでしょ。ここで反対なんかしたら、ますます帰ってこなくなるわよ。大学入試のときのこと、忘れたの？」

「う……」

畳みかけるような祥子の言葉に、幸司は黙りこんだ。

千倉曰く、昔から父親はどうあがいても母親にはかなわなかった……らしい。思わず納得してしまう真柴だった。

千倉幸司という人は、モデルとしては一流だったというし、メイクアップアーティストとしても広く認められているが、千倉に言わせると「子供っぽくてウザくて面倒くさい人」らしい。

ちらりと隣を見ると、千倉は涼しい顔をして両親のやりとりを見つめていた。おとなしそうな顔をして、彼は家族の反対を押しきり、二年遅れて大学に入った。入試に失敗したわけではなく、試験自体を受けなかったという。彼はアルバイトをして学費を稼ぎ、大学を出た。〈ハナムラ〉とは無縁に生きていくことを宣言したあと、その覚悟をわかりやすく形にしたのだという。家族の誰もが学費は出すからと説得したようだが、千倉は頑として受けいれなかった。

幸司はそのときのことを思いだしたのか、小さく唸って千倉を見つめる。だが可愛い末息子がなんの反応も示さないとわかると、視線を真柴に向けてきた。

強い視線は、真柴という人間を見定めようとしているような、あるいはあら探しをしているようなそれだった。

「真柴くん」

「はい」

緊張も薄れてきた真柴は、慌てることなく返事をした。どうやら幸司以外は受けいれてくれたらしいので、それも余裕が生まれた大きな理由だった。

「もてるよね？」

「は？」

「なんで祥くんなの？　君だったら、よりどりみどりだろう？　祥くんは可愛いけども、すっごくいい子だけども、男なんだよ？」

「あ……はい、そうですね。でも俺にとっては関係なかったんです。女だったら……とか、考えたこともないです。このまんまの祥司さんが大好きなんで」

思っていたよりすんなり言えたことに満足した。慣れない名前呼びも、意外なほどすんなりと口に馴染《なじ》んだ。隣に座る千倉は少し落ち着かない様子だったが、それはそれで可愛くていい。

真柴がつい千倉へと意識を向けていると、幸司はおもしろくなさそうに言った。

「……祥くんが照れてる……」

「いい歳してすねないでよ、パパ。それより祥ちゃんの可愛さを堪能しなさいよ。どうせパパには絶対甘えてくれないんだし」

「そうなんだよ、真柴くん！」

「は、はい？」

「祥くんはね、子供の頃から全然甘えてくれない子だったんだ。それに去年なんて、僕は二回しか会えてないんだよ？　なのになんだい、君は一緒に暮らしてるんだって？　おまけに猫まで飼ってるって？　祥くん、僕の実家で猫嫌いになっちゃったはずなのに！」

「別に嫌いにはなってない」

怖いだけだと隣で千倉が呟くが、幸司の耳には届いていないようだった。彼はふたたびじいっと真柴を見つめ、表情をきりりと引き締めた。そうしていると、渋さも感じられる男前だということがよくわかる。

「本当に本気なんだね？　一時の気の迷いとかだったら、許さないよ」

「はい」

「大事にすると約束しなさい。いまだけじゃない、ずっとだぞ。ああ、だめだ。約束なんかじゃ甘い。ここにいる全員に誓うくらいでないと」

鼻息も荒い幸司に、真柴は大きく頷いた。戸惑いもないし躊躇《ちゅうちょ》も感じないが、千倉はそうでもないようだった。かなり動揺しているのが、真横にいて視線を向けていない真柴にもよくわかった。そして中心になっている三人を、ほかの家族は微笑ましげに眺めている。

ずっと重ねられていた千倉の手を握りなおした真柴は、家族全員と目をあわせていったあと、千倉を見つめた。

「ずっと大事にすると誓います」

「……うん」

こくりと頷いた千倉は珍しくも赤くなっていて、もし二人きりだったならば、ぎゅうぎゅうに抱きしめているところだ。帰宅したあとは、朝まで離してやれそうもない。

いまはその代わりに握る手を強くする。

逃げるようにして千倉が下を向いたのをきっかけに、ようやく場が動き始めた。

「そろそろ二人とも戻ってきてもらっていいかしら。はいはい、パパもよ。ぐずぐず言ってないで、真柴くんを懐柔しちゃえばいいでしょ。仲よくなって家に呼べばいいことじゃないの。そうしたら祥ちゃんだって付いてくるわよ。それにパパが遊びに行くとか」

「そうか……！　うん、真柴くん。飲もうか」

途端に目を輝かせる父親を見て、千倉は小さく嘆息した。そうしてまだ握られている手はそのままに、小さな声が囁く。

「適当につきあっておけばいいから」

「大丈夫ですよ。あ、帰ったらいっぱいするつもりなんで、覚悟しといてくださいね」

真柴も小声で返すと、千倉は無言で顔を背《そむ》けた。だがそこには拒絶も呆れもなかった。

なにをしているんだ飲むぞと急かす声に、真柴は緩やかに微笑みを向ける。こんな形の幸福もあるのかと、真柴はもう一度強く千倉の手を握りしめた。

年下攻は何度か書いたことがありますが、たぶんこの話は、初めて年上受らしい受だったような気がします。

そして意外とベタ惚れしてて、惚れた欲目もある千倉でした。

口には出さないけど、とっても真柴への評価高いです（笑）。担当さんに「クーデレ」という言葉を教えてもらいました。そうか、なるほど。確かにツンツンはしてないですよね。ふむふむ。新しい言葉を一つ覚えました！

そして千倉のことが好きすぎてテンパッてる真柴です。普段わんこですが、スイッチが入ると壊れ気味に一皮むけて、なかから別のものが出てくるタイプなので、しっかり見とかないと千倉が大変。まぁ、最終的にはダダ漏れになっちゃいましたが。下僕わんこと見せかけて、実はＳ（笑）。

ところでいまさらなんですが、真柴という姓にしたのは失敗でした。真幸とややこしいですよね。うん、これはプロット段階で気付くべきだった。

あともう一つ、もっと早く気付いておくべき問題もありましたが……（遠い目）。発見した……というか、されたときには手遅れだったので、自分のなかで理屈をこねて、強行突破することにいたしました。

なんだか今年は世間的にも個人的にも大きなできごとがありすぎて、よくわからないうちに一年過ぎていってしまった気がします。なんでもう今年も残り少ないんだろう……？　なにしてたっけ私……という感じ。

こんなダメダメな私ですが、見捨てずおつきあいくださると涙を流して喜びます。と、多方面に言ってみる。

寒くなったせいか、愛猫のいない寂しさをまたひしひしと実感しておりますが、そんな心の隙間に、美麗なイラストがじんわりと染み渡ります。

鈴倉先生、今回もどうもありがとうございました。見たかったシーンがたくさんの素敵なイラストになっていて、とても嬉しいです。着物も嬉しい〜。

いろいろと自らを鼓舞しつつ、これからもやっていこうかと思います。

ここまで読んでくださってありがとうございました！

きたざわ尋子

✦初出　君だけに僕は乱される……………書き下ろし
君と手を繋いで…………………………書き下ろし

きたざわ尋子先生、鈴倉温先生へのお便り、本作品に関するご意見、ご感想などは
〒151-0051 東京都渋谷区千駄ヶ谷 4-9-7
幻冬舎コミックス　ルチル文庫「君だけに僕は乱される」係まで。

幻冬舎ルチル文庫

君だけに僕は乱される

2011年12月20日　第1刷発行

✦著者	きたざわ尋子　きたざわ じんこ
✦発行人	伊藤嘉彦
✦発行元	株式会社 幻冬舎コミックス 〒151-0051 東京都渋谷区千駄ヶ谷 4-9-7 電話 03(5411)6432[編集]
✦発売元	株式会社 幻冬舎 〒151-0051 東京都渋谷区千駄ヶ谷 4-9-7 電話 03(5411)6222[営業] 振替 00120-8-767643
✦印刷・製本所	中央精版印刷株式会社

✦検印廃止

ISBN978-4-344-82400-3　C0193　Printed in Japan